KB130322

대왕고래의 죽음과 꿈 가진 제돌이

대왕고래의 죽음과 꿈 가진 제돌이

초판 1쇄 발행 2020년 7월 1일

지 은 이 김두전
발 행 인 권선복
편   집 권보송
디 자 인 김소영
전 자 책 서보미
마 케 팅 권보송
발 행 처 도서출판 행복에너지
출판등록 제315-2011-000035호
주   소 (157-010) 서울특별시 강서구 화곡로 232
전   화 0505-613-6133
팩   스 0303-0799-1560
홈페이지 www.happybook.or.kr
이 메 일 ksbdata@daum.net

값 20,000원

ISBN 979-11-5602-817-8   (03810)

Copyright ⓒ 김두전, 2020

도서출판 행복에너지는 독자 여러분의 아이디어와 원고 투고를 기다립니다. 책으로 만들기를
원하는 콘텐츠가 있으신 분은 이메일이나 홈페이지를 통해 간단한 기획서와 기획 의도, 연락
처 등을 보내주십시오. 행복에너지의 문은 언제나 활짝 열려 있습니다.

대왕고래의 죽음과
꿈 가진 제돌이

김두전 지음

도서
출판 행복에너지

　제주도 김녕 마을에는 160여 년 전에 '대왕고래'가 갇혔던 고래수(갯바위 물웅덩이)가 있다. 그런데 "제돌이의 꿈은 바다였습니다."라는 의미와 같이 자유의 몸이 되어 고향 바다로 돌아가게 된 돌고래 방류 기념비가 세워진 곳과 같은 장소라는 사실이 신기하다. 제돌이가 방류되기까지의 사연을 살펴보다가 필자는 고래수 사건과 돌고래 방류 간의 사연들이 서로 잘 연결된다는 예감을 갖게 되었으며, 오랜 세월 잊고 있었던 고향 마을의 전설 같은 대왕고래 사건의 내력을 찾아 타임머신을 타고 옛날로 거슬러 올라가 보기로 하였다.

　전편인 〈대왕고래의 죽음〉에서는 이 고장에 옛부터 구전(口傳)되는 사건의 내용들을 찾아 나섰다. 조선시대 한겨울에 제주섬 갯바위에는 심심치 않게 '고래 사체'가 자주 떠올라 왔었고, 관(官)에서는 영을 내려 떠오른 고래 사체를 해체하여 기름을 짜서 상납토록 되어 있었다. 고래가 죽어 떠오르는 사건은 조선시대 민초(民草)들에게는 반갑지 않은 일이었다. 전기가 없던 시절 민초들에게는 큰 고역이 찾아왔다고 하여 고래(苦來)라는 악명을 연상케 하였다. 김녕 대왕고래 사건의 내막은 다음과 같이 조사, 구성되었다.

호롱불을 피워 살던 그 옛날 조용하고 평화로운 김녕 마을 앞바다 농괭이 바당[1](돌고래 노는 바다)에 터줏대감인 '대왕고래'가 있었다. 대왕고래는 먹이인 멸치 떼를 쫓아 갯바위 안으로 들어왔다가 썰물에 빠져나가지 못하고 물웅덩이에 갇히게 되었다. 온 마을 사람들이 고래를 살리기 위해 백방으로 노력했지만 혹한으로 결국 죽고 말았다. 사람들은 고래가 갇혔던 물웅덩이를 고래수(고래가 갇혔던 곳)라 불렀고, 사체는 관령에 의하여 채유(採油)하게 되었다. 채유 상납량 일부를 마을 사람들이 사(私)용하면서 책임량을 못 채우게 되자 마을은 일시에 곤경에 빠진다. 마을 책임자 전원이 제주 관아에 옥살이를 하게 되었고, 이로 인해 김녕 마을은 대대로 내려오는 입산봉 마을 농장(이만여 평)을 팔아야 하는 등 많은 희생을 감수해야만 했다.

이처럼 옛 선인들이 겪은 이야기는 입과 입으로 대(代)를 이어져왔고, 구전으로만 희미하게 남겨지고 있다는 현실이 너무나 안타까웠다.

빠른 변화의 시대를 살아가는 가운데 옛것을 보존하기란 심

---

1. 농괭이 바당: 옛 선인들은 돌고래를 '괭'이라 했으며 돌고래가 노는 바다라고 하여 '농괭이 바당'으로 불러져왔다.

히 어렵고, 어쩌면 영원히 사라질지도 모른다. 옛 선인들의 억울했던 넋에 조금이나마 위로가 되었으면 하는 필자의 작은 소망과 함께 전설처럼 구전되고 있는 이야기를 다시 살리고 싶었다. 이에 '대왕고래의 죽음'과 '돌고래 방류' 지역이 겹치는 것을 우연의 일치라고 가볍게 넘겨버리는 소홀함과 망각의 우를 피하고자 하였다. 필자는 어쩌다 같은 공간 속의 두 가지 사연이 맞아 떨어졌을까 하는 의구심에 대한 해답을 찾고자 하였다. 이에 보석같이 소중한 이야기를 다음 세대에 전해주기 위한 구전인(口傳人)의 역할을 자임(自任)하게 되었다.

후편 〈현명한 제돌이〉에서는 지금까지 세상에 많이 알려진 돌고래에 대한 학술서와 달리 인간 세상의 이야기로 꾸몄다. 인간에게 잡혀 고된 역경을 이겨내고 자유를 쟁취하면서 푸른 고향바다로 돌아가고자 했던 제돌이의 의지와 현명한 선택을 통하여 삶의 의미를 찾고자 하였다. 그 가운데 효를 행하고 선조가 지켰던 제주 바다 지킴이가 된 제돌이의 선택과 삶의 중요성을 알리고자 하였다.

제돌이는 조상으로부터 대대로 내려오는 유언을 실행에 옮기기 위해 거칠고 넓은 인도양과 태평양에서 3만 리를 달려왔다. 제돌이의 원래 이름은 덕남이였지만, 제주 서귀포 퍼시픽랜드에 잡혀 지내면서 '제돌이'로 개명되었다. 바다와 단절된 육상 수조에서 자유를 빼앗긴 영어의 생활을 이겨내는 힘겨웠던 사연들을 인간의 관점에서 재구성하였다.

사람들과의 관계에서 구속받는 가혹한 노예 생활은 어땠으며 그 과정을 이겨낼 수 있었던 원동력은 과연 무엇이었는가를 소설의 주제로 삼게 되었다. 해답은 '재롱'이라는 현명한 선택이었다. 재롱은 제돌이의 꿈을 이루게 한 원동력이고 바람직한 삶을 추구하는 강력한 역할을 하였다. 그것은 푸른 바다에서 살아갈 자유의 생존권을 달라는 호소였으며, 제돌이의 현명한 선택이었다.

재롱은 고도의 지능을 가지고 있는 수중 동물의 제왕인 돌고래이기에 가능한 일이다. 제돌이의 재롱은 살아남기 위해 현명하게 계산된 수단이었다. 공연이 시작되어 "제돌아! 빨리 나와라!" 하는 소리가 공연장을 채우면 제돌이가 꼬리를 흔들며 입장한다. "야! 제돌이다!" 이때를 놓칠세라 관객에게 재롱을 선사하면 우레 같은 박수가 터져 나왔고, 푸른 고향 바다를 간절히 그리워하는 제돌이에게 사랑의 동정심을 유발케 하였다.

제돌이의 재롱은 엄연한 유전적 선물이다. 먼저 입소한 선배들에게 재롱으로 묘기를 배웠고, 숙달이 빨랐으며 형들을 능가할 만큼 성장해갔다. 그리고 공연장에선 인기 만점이고, 조련사들의 귀여움도 독차지했다. 조련사가 먹이통을 가지고 오면 꼬리를 흔들며 재롱을 부리기 시작했고, 던져주는 생선을 받아먹으면서 "잘 먹겠습니다."라는 뜻으로 "액" "액" 인사하면 생선을 더 얻을 수 있으면서 스스로 건강을 챙겼다.

제돌이가 역경을 극복한 현명함을 기념하는 방류비가 세워졌다. 전면에는 "제돌이의 꿈은 바다였습니다."라는 제목이, 그리고 후면에는 "나에게 자유를 달라는 자유 수호의 고귀한

외침은 잡힌 지 4년(2009~2013)을 서울과 제주 돌고래쇼 공연
장에서 많은 고생을 재롱으로 참고 견뎌낸 제돌이와 춘삼이의
아름다운 승리였다."고 쓰여 있다. 그리고 귀소본능이 강한 제
돌이 남매의 재롱은 돌고래가 자연(고향 바다)으로 돌아가는 첫
역사를 만드는 위대한 족적을 남기는 데에 지혜로운 행동의
표석이 되었다.

저항하는 일부 돌고래들은 스트레스를 이기지 못하고 수명
이 단축되었거나 인간들에게 희생되기도 하였다. 돌출행동을
한 '삼팔이'도 있었고, 저항으로 일관한 '복순'이와 '태산'이도
있었으나 일찍 죽었다. 그러한 여건에서 제돌이는 10년 선배
'금등이'와 '대포'를 제치고 5년을 앞질러 고향바다로 돌아갔다.

그리고 방류된 제돌이 남매는 제주 바닷가에서 친구들하고
무리지어 사회생활을 하며 푸른 고향 바다 지킴이에 한몫을
해내고 있다. 제돌이는 절제된 행동과 재롱으로 역경을 극복
하는 지능을 유감없이 발휘한 것이다.

인간과의 공존 공생을 위해서는 강자인 인간이 약자인 돌고
래에게 배려의 미덕을 살려 나가는 일이 무엇보다 중요하다.

「바다의 수중 동물 중에서 가장 지능지수가 높은 돌고래들은 고향 바다
를 찾아가는 귀소본능과 인간처럼 조상을 섬기는 숭조정신, 친구 간에 우
정을 나누는 감정 등을 가지고 있다 할 것이다.」

제돌이와 춘삼이는 2009년 5월 인간에게 불법포획되었다.

4년여(2009~2013)를 햇빛도 없는 좁은 인조 공간 전등불 아래에서 죽은 고기로 연명하며 하루 서너 차례씩 쇼 공연을 강요당했다. 노예 생활의 불법성을 들어 정부와 지방자치 단체의 방사하겠다는 소청이 있었으며 이를 받아들여 재판(2012.3.) 끝에 서울시의 전격적인 야생방류 결정으로 제주로 이송케 되었다.

이송을 위해 제돌이와 춘삼이는 검사를 받고 항공편으로 암실로 짜여진 길이 5m밖에 안 되는 수조 안에 실려 왔다. 제주에서 성산포 관광지 섭지코지 수족관까지 6시간 만에 도착하였고, 잠시 휴식을 취한 후 다시 김녕 앞바다 가두리 양식장으로 이송되었다. 그리고 22일간(2013.6.26.~7.18.)의 야생적응 훈련에 들어갔다.

남방큰돌고래 야생방류는 제주도가 유일하며, 세계에서도 처음 있는 일이었다. 그리고 자유를 향유할 권리는 인간이나 동물 공히 너무나 당연하다는 점과 포획의 불법성을 알리며 돌고래 방사 사업을 수행하는 세계 최초의 신기원을 세웠다. 이로써 우리나라는 해양생물 보호 선도의 자격을 가진 나라라는 자부심을 갖게 되었다. 국제포경위원회(IWC) 과학원(나오미로르)은 한국은 제돌이 방사를 계기로 해양 생물 보호에서 국제적 리더라고 격찬하였다.

선악(善惡)을 선택할 수 있는 능력이 신이 인간에게 준 가장 위대한 선물이냐 아니면 인간 스스로 찾아낸 위대한 발견인지는 양심이 선택해 낼 것이다. 지능지수(IQ 70~80)가 높은 남방큰돌고래의 불법 포획은 당연히 부당하고, 모든 생명체의 자유의지는 생존권적인 존엄성을 스스로 인정하는 진리라 할 것이다. 이는 '아름다운 양심의 승리였고, 아름다운 양심은 아름다운 꿈을 이뤄내게 한 것'이라 할 것이다.

제돌이가 자유의 몸이 되게 도와준 기관과 단체들은 해양수산부, 서울시, 제주도, 제주지방경찰청, 제돌이 시민위원회, 제주대학교, 동물자유연대, 핫핑크 돌피스 등이다.(제주, 한라일보, 제민일보, 조선일보 A14 2013.7.19. 한겨레신문 2013.7.19.)

<김녕 마을의 배경>

이 마을의 설촌 역사는 대략 기원전 2000년 전후의 청동기 철기시대부터 사람들이 마을 인근 궤네기굴(전장 200m 선사시대 유적지)에 은거하며 노루와 멧돼지를 사냥하며 살아온 데에서 시작된다. 농경생활(인근 입산봉 분화구에서)도 해왔던 것으로 탐사되었다.(서울대 임효재 박사팀, '제주 선사시대 동굴유적', 1990. 9. 3. 제민일보 1면)

이후 수십 세기가 내려와서 제주에서 가장 큰 마을이 형성되어 1,000여 호가 넘는 일명 천하 대촌이라 불려왔으며, 한때는 현청 소재지였다.(고려 충렬왕 26년) 이 마을은 위도상 북위 33.3°와 동경 126.5°에 있으며 제주시와 성산일출봉(50km) 중간 지점에 위치하고 있고 지리상으로 육지와 가장 가깝다.

마을 경내에는 유명 관광지 만장굴(유네스코 세계 7대 경관 명소)이 있으며, 동녘바다 쪽으로는 입산봉(笠山峰) 줄기가 뻗어 있고, 서쪽으로는 묘산봉(描山峰) 줄기가 뻗어서 마을을 보호하듯 두 오름이 좌우로 장승처럼 서 있으며, 바다 쪽으로는 목지곶과 가수곶이 돌출하여 북쪽으로 양편 수 km씩 뻗어나가 넓은 만 (灣)을 형성하고 있다(16페이지 김녕 마을 전경 그림 참조).

　　김녕 마을 앞바다 농괭이 바당(돌고래가 노는 바다)에는 고래 무리들이 어군(魚群)을 몰고 와서 어장 형성에 일등공신 역을 하며 제주에서 가장 큰 어장을 형성해 왔었다. 그리고 옛날 '대왕고래'가 갇혔던 '고래수' 물웅덩이와 아시아 최초로 남방큰돌고래 제돌이가 야생 방류된 바다가 있는 마을이다.(조선일보 2013.7.19. A14 '남방큰돌고래 제돌이 고향바다로')

차례

제1장 **대왕고래의 죽음**
(대왕고래 사건과 마을 주민의 선택 편)

제2장 **현명한 제돌이**
(대왕고래를 찾아 나선 제돌이 편)

제1장

대왕고래의
죽음

(대왕고래 사건과 마을 주민의 선택 편)

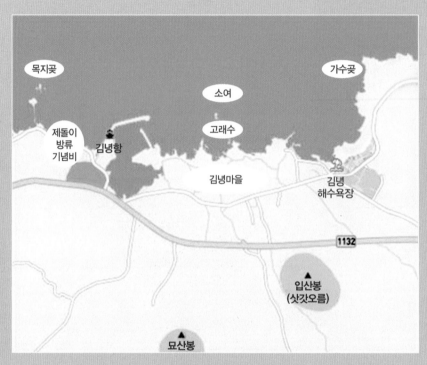

〈김녕 마을과 바다 전경〉

대왕고래가
오던 날

「혹독한 공포의 계절이 김녕 마을에 찾아들었다. 거대한 '대왕고래'가
자초되어 마을 해안 자주 갯바위에 올라와 마을 민초들에게 엄청난 고통
을 안겨 준 것은 매서운 겨울철이었다.」

한겨울 절정기의 저녁노을은 이미 서쪽 지평선에 내려앉아
어둠을 재촉하고 있었다. 어둠이 미처 내려앉기도 전에 성난
파도들이 포효하듯 흰 거품을 내뿜으며 갯바위들을 사정없이
때리기 시작하였다. 하얀 갈기를 세운 사자들처럼 앞 파도와
뒷 파도가 서로 하얀 칼날을 세우고 거센 함성을 지르며 격전
을 치르기 위해 돌격하였다.
어둠이 내려앉자마자 태풍 못지않게 심술궂은 동장군이 독
기를 잔뜩 품고는 김녕 바닷가를 괴롭히기 시작하였다. 갯바
위에 부딪혀 하늘을 찌를 듯 솟구치는 하얀 파도의 몸부림과

괴성은 마치 선(善)과 악(惡)의 결전장을 방불케 하였다.

  힘 잃은 빛 무리는 점차 검은 바다로 사라져버렸고, 어둠이
내려앉았다. 하늘과 바다가 캄캄해지면서 구분하기 어려워지
는 가운데, 하얀 포말들만이 기세등등하게 힘자랑을 해댔다.
그리고 차가운 서북풍에 휘몰아치는 눈발이 온 마을을 휘감기
시작하였다. 김녕 마을 우측 바닷가 가수곳[1] 갯바위 주변으로
는 "쏴아아, 철썩 철썩" 하는 파도 소리와 하얀 거품들이 하늘
로 치솟았다가 떨어지는 진풍경이 장관을 이루었다.

  그런데 막 어둠이 지고 있는
겨울밤 김녕 마을 동쪽 오름 입
산봉 봉수대[2]에 봉홧불이 올랐
다. 그리고 잠시 후 두 번째 봉
화가 올랐다. 이는 왜적선이 나
타났다는 신호였다. 저녁 해질
무렵 마을 앞바다에 출몰한 괴
선박으로 보이는 물체가 가수곳
앞에 나타난 것을 발견함으로써
경계령의 의미가 있는 신호였다.

---

1. 육지와 가장 가까운 제주도 김녕리 해안 돌출 갯바위, 제주도 방언으로 ○○곳을 ○○콧이라 부른다.
2. 예부터 이용되었던 통신수단으로 1,150년(고려 의종 4년)에 도입되었다. 밤에는 횃불로 낮에는 연기로
   급보를 전했다. 평시에는 한 번, 적선이 나타나면 두 번, 해안에 접근하면 세 번, 해상에서 접전 상태이
   면 네 번, 상륙 접전 상태이면 다섯 번 봉화를 올렸다. 김녕 입산봉 정상에는 봉수대 돌 표석이 세워져
   있다.

겨울밤의 거센 바람에 의해 봉홧불이 옆으로 길게 누웠는데 마치 귀신의 빨간 혓바닥이 날름거리는 것 같았다. 두 번 올랐던 봉화는 더 이상 오르지 않았다. 먹구름이 잔뜩 낀 김녕 마을의 겨울밤은 절에서 울리는 범종소리까지 더해져 긴장감이 감돌았다. 마을 사람들은 날이 밝기만을 기다렸다.

휘몰아쳤던 북풍한설이 지나간 다음 날 새벽은 오히려 차분한 분위기를 풍겼다. 오름과 들판, 지붕과 마당, 올레길의 돌담 구멍까지 세상천지가 풍년을 의미하는 새하얀 눈으로 덮였다. 보리밭과 올레길조차 구분할 수 없었고, 마을은 온통 크고 작은 하얀 언덕들을 모아놓은 듯했다.

새벽 눈밭에는 새들의 발자국들만이 어지럽게 찍혀 있었다. 까마귀와 꿩, 참새와 박새들이 한바탕 눈밭 달리기를 벌였는지, 술래잡기를 했는지 여러 가지 새 발자국들이 각자의 개성을 뽐내고 있었다.

아침 눈길을 밟으며 동내 아줌마들이 찬거리를 구하기 위해 서둘러 바닷가로 향했다. 걸음을 옮길 때마다 '바드득 바드득' 소리가 났고, 눈 속으로 발이 자꾸만 빠졌다. 파도가 심한 날 뒤에는 미역, 몸자반 같은 해초들이 해안가에 가득 밀려오고, 해안가 바위 틈 물웅덩이에서 갇힌 물고기들을 쉽게 건져 올릴 수 있었기 때문에 너나없이 서둘렀다.

지난밤 입산봉 봉수대에서 봉화가 올랐기 때문에 마을 여인들은 걱정스런 눈길로 바닷가와 갯바위 사이들을 살폈다. 바

다 쪽에는 봉화로 알렸던 괴선박은 밤새 겨울바다에 빠져버렸
는지 보이지 않았다. 그런데 물고기나 미역 등을 채취하던 익
숙한 갯바위 사이 물웅덩이에 어마어마하게 큰 고래가 갇혀
있었다. '대왕고래'였다. 대왕고래가 지난밤 괴선박으로 착시
되어 '봉화오인(烽火誤認)³'을 유발한 것이었다.

　대왕고래가 멸치 떼를 쫓아 바닷가 가까이 다가왔다가 큰
폭풍우와 밀물로 인해 너무 안쪽까지 들어오는 바람에 썰물로
인해 물이 빠지자 갯바위 사이 웅덩이에 갇히는 신세가 된 것
이었다. 이후 마을에서는 이 물웅덩이를 '고래수(泗)'라 부르게
되었다.

---

3. 봉화오인: 바다에서 고래의 출몰이나 착시 현상 등으로 봉수대의 봉화가 오르는 현상

대왕고래와
고래수(泅)

　대왕고래가 갇혀 있는 고래수(泅)는 다른 물웅덩이보다 깊었다. 고래가 며칠 견딜 수 있을 만큼 해수량도 충분했다. 물 깊이가 2미터 수준이고 넓이는 100㎡쯤 되는 둥근 물웅덩이다. 이곳은 많은 종류의 해초와 작은 물고기며 새우 등이 떼를 지어 살고 있어서 돌고래 등이 갇히더라도 족히 며칠을 견딜 수 있는 여건이었다.

　하지만 덩치가 매우 큰 대왕고래로서는 상체가 물 위로 드러나 있고, 움직이지 못하고 있었다. 분수공으로 물기둥을 올리는 숨도 제대로 못 하고 눈을 지그시 감은 채 굵은 눈물을 흘리고 있었다. 마치 큰 배가 암초에 좌초되어 힘없이 누워있는 것처럼 보였다. 대왕고래의 등에는 노인 얼굴에 핀 검버섯처럼 석화 같은 것들이 더덕더덕 붙어 있었다. 괴물처럼 생겼지만 당당한 체위와 윤기 있는 피부를 가지고 있었다.

궂은 날씨는 며칠간 계속되었다. 파도는 백마들이 질주하듯 달려와서는 갯바위를 사정없이 때려댔다. 갯바위를 때리는 파도에 놀란 갈매기들이 성가신 물방울을 피해 환해장성[4] 벽 뒤에 종종 모여 있었다.

대왕고래의 상태를 살펴보려고 가까이 다가간 사람들에게 갯바위 곳곳에 있는 물웅덩이에 가득 찬 멸치 떼들이 눈에 들어왔다.

"갯멜 들었져!" (갯바위 물웅덩이에 멸치 떼가 들어왔어요!)

사람들의 입에서 터져 나온 "갯멜 들었져!" 하는 소리는 새벽 종소리처럼 온 마을로 퍼져나갔다. 마을 사람들은 삼삼오오로 족바지[5]와 대바구니를 들고 서둘러 갯바위 물웅덩이로 몰려들었다.

물웅덩이에서 멸치를 낚아채던 갈매기들이 갯바위를 때리는 파도에 놀라 춤추듯이 날아오르고, 멸치를 건지려고 어깨를 숙이고 찬 바닷물에 손을 담갔던 사람들은 언 손을 입으로 호호 불어 귓불에 붙이곤 했다.

나중에 나와 다른 물웅덩이에서 멸치를 잡다가 고래수(泅)에 다다른 몇몇 마을 여인들이 고래수(泅) 물웅덩이를 채워 놓은 물체를 보는 순간 놀라 자빠졌다. 벌린 입을 다물지 못하고 다

---

4. 왜적선의 침범을 막기 위해 쌓은 성벽
5. 그물 사이로 물이 빠지면서 물고기 등을 건지게 만들어진 도구

른 물웅덩이 안에서 족바지로 멸치를 잡는 사람들을 향해 "고래다!" "고래다!" 하고 고래고래 외쳐댔다.

"다들 여기 왕 봅서(와서 보십시오)! 큰 괴물이 누웡(누워) 이수다(있습니다)."

다른 웅덩이에 있는 사람들을 향해 목청껏 외쳐댔지만 갯바위를 때리는 파도 소리에 묻혀 전달이 잘 되지는 않았다. 곳곳의 물웅덩이에 퍼진 대부분의 마을 사람들은 추운 바닷바람을 피하기 위해 수건 등으로 머리를 감싸서 몇몇 사람들의 외쳐대는 소리를 듣지 못하고 멸치잡기에 여념이 없었다. 마을 사람들은 어느 정도 바구니에 멸치를 채우고 나서야 한두 사람씩 고래가 갇혀 있는 물웅덩이 쪽으로 모여들었다.

물웅덩이에서 빠져나가려고 몸부림치다 탈진한 상태로 누워있는 고래 소식을 듣고 모여든 마을사람들로 인해 '고래수' 주변은 삽시간에 사람들로 가득했다. 대왕고래의 감은 눈에서는 눈물이 힘없이 방울방울 흘러내리고 있었다.

점차 바람은 가늘어졌고, '고래수'를 둘러싼 사람들은 숨죽여 대왕고래만 바라보고 있었다. 사람들의 촉각이 대왕고래에 쏠려 있을 때 '대왕고래'가 실눈을 열고 사람들을 쳐다보았다가 하늘을 보고는 눈을 닫아 버렸다. 점차 기력이 다해 숨이 다해가는 상태로 보였다.

이른 아침부터 구경꾼들이 법석인 가운데 '박 할망[6]'도 이웃 할머니와 같이 대왕고래가 갇혀 있다는 현장으로 급히 달려왔다.

---

6. 할머니의 제주 방언. 할아버지는 하르방, 어머니는 어멍, 아버지는 아방이라고 줄임말 형태의 사투리를 쓴다. 박 할망은 30세에 고기잡이 나갔다가 풍랑으로 배가 전복되어 세상을 떠난 남편의 유복자를 길렀다. 아들의 이름이 덕천이고 마을 청년회장으로 활동하였다. 박 할망은 70이 넘도록 잔병 없이 살았으며, 동내에서는 여장부로 바른 소리와 함께 마을에 어려운 일이 생길 때마다 앞장서는 해결사 노릇을 하였다.

고래를 위한
기도

　고래가 갯바위 물웅덩이(고래수)에 갇힌 소식은 새벽잠을 설친 '김 이장'에게도 전해졌다. 김 이장은 옷을 주섬주섬 챙겨 입고 급히 고래수로 발걸음을 옮겼다. 마찬가지로 지난 밤에 잠을 설치고 일찍 나와 있는 '박 할망'을 보고서는 인사말도 제대로 못 하고 서로 얼굴만 쳐다본다. 이렇게 큰 고래가 마을 갯바위 물웅덩이에 갇히는 사건은 처음인지라 불길한 징조는 아닌지 우려되는 마음에 무거운 표정들이었다.

　물웅덩이에 갇힌 대왕고래는 눈을 지그시 감은 채 얌전히 누워있는 것 같았다. 기력이 소진되었는지 주위를 둘러싼 많은 사람들에게도 개의치 않고 미동도 하지 않았다. 살려달라는 애원의 표정이나 몸짓도 없이 삶을 포기한 것 같았다. 마치 인간의 능력으로는 자신을 살리기 어렵다는 것을 아는 듯이 보였다.

김 이장과 박 할망은 기력 없이 누워 있는 대왕고래 앞으로 다가섰다. 마땅히 해결의 실마리는 없지만 하늘이 도와서 별일 없었으면 하는 눈치였다.

"혹시 만조가 되면 고래가 되돌아갈 수 있지 않을까요?"
김 이장의 희망 섞인 말에 박 할망은 고개를 저으며 말했다.

"대왕고래가 탈진해 있어서 그때까지 견디지 못할 것 같아요. 살아나기 힘들 것 같아요."

김 이장과 박 할망은 마땅한 수단이 보이지 않자, 안타까운 나머지 대왕고래 곁으로 조용히 다가섰다. 그리고는 김 이장은 고래가 놀라지 않도록 조용히 다독이며 말하였다.

"우리 마을을 도와주는 대왕고래님 어찌하여 여기 와서 갇힌 신세가 되었는지요! 며칠씩이나 굶고 정신을 못 차리고 기력 없이 누워만 있으면 어떻게 하겠습니까? 그리고 당신이 있을 곳은 여기 '고래수'가 아니고 넓고 푸른 바다인데 어찌 하렵니까? 하루속히 기력을 되찾아 넓은 바다로 무사히 돌아가 자유의 몸이 되어 원기를 회복하고, 다시 올 때는 많은 멸치 떼를 몰고 와서 우리 마을에 풍어장을 만들어 주십시오. 속히 날씨가 풀리고 돌아갈 수 있기를 하늘에 간절히 비옵니다."

김 이장의 바람을 곁에서 듣던 박 할망도 양손을 합장하며 고개를 숙여 기도를 올렸다.

"대왕고래는 우리 마을 앞바다를 지키며, 해녀나 어부들도 해치지 않았습니다. 해마다 멸치 떼를 몰고 오는 바다의 대장입니다. 하루 속히 풀려나 넓은 바다로 나가 자유로운 몸이 되게 하여 주시길 간곡히 기도합니다."

고래 살려내기
대책

조금 잠잠해졌던 날씨가 다시 먹구름이 몰려들고, 바람소리가 세지기 시작하였다.

김 이장은 집 안에서 수심이 가득 찬 상태로 어떻게 하면 고래를 살려낼 수 있을지 고민했다. 묘안 찾기에 골몰하다가 순간 스쳐가는 생각이 있었다. '어려운 일일수록 혼자 끙끙대기보다는 여러 사람들의 아이디어를 모아보자'는 생각에 마을의 동장들을 소집해 대책을 의논해 보기로 하였다.

날씨가 심상치 않은 관계로 즉시 마을 동장들을 소집하였고, 한시가 급한 일임을 감지하고 있던 동장들도 헐레벌떡 이장 댁으로 모여들었다. 동장들이 모이자 김 이장은 숨 돌릴 틈 없이 바로 '대왕고래 구명대책'에 대한 말을 시작하였다.

"여러 동장들도 다 아시다시피 대왕고래가 갯바위 물웅덩이에 갇혀 있습니다. 이대로 놓아두었다가는 큰일이 발생할 것 같습니다. 우리 마을 앞바다를 지키면서 멸치어장을 만들어주는 대왕고래가 죽기라도 한다면 마을에 큰 재앙이 될 것 같은 예감이 드니 어떻게 해서라도 내일 중으로 다시 바다로 내보내야 할 것 아니겠습니까?"

김 이장이 말을 했지만 동장들은 말문을 굳게 닫은 채 누구 한 사람 입을 열지 않고 김 이장의 얼굴만을 뚫어지게 응시했다. 침묵이 이어지던 중 한 동장이 조심스럽게 말을 꺼냈다.

"제가 생각하기에는 인간의 능력으로는 절대 불가능한 일이라 생각됩니다. 왜냐하면 '대왕고래'의 덩치가 대략 150톤을 훨씬 넘을 것 같아 보이는데, 너무 커서 무슨 대책을 세울 수가 있겠습니까?"라고 말하였다.

간단명료한 그의 말이 끝났지만 어느 누구도 다시 말을 하지 않았다. 또다시 장내는 침묵이 흘렀다. 잠시 후 김 이장이 긴 침묵을 깼다.
"그냥 포기하기에는 대왕고래가 너무 애처롭습니다. 우리가 해결하기엔 역부족일지 모르지만 다시 한 번 생각해 봅시다."

이렇게 되자 여기저기서 자유 토론이 벌어졌다. 의견 수렴은 되지 않고 목청 큰 소리가 정답이 되는 듯했다. 작은 소리가 숨어 버린 틈새에서 정답 찾기에 분주한 김 이장은 소소한 의견들도 차분히 메모를 했다.

토론으로 결말이 지어지지는 못하였지만 그동안 나온 의견들을 모아 '만조가 되어 대왕고래가 갇힌 물웅덩이에 바닷물이 채워지기 전에 긴 밧줄로 대왕고래의 꼬리를 묶는다. 만조 시 앞에서는 그물배를 띄워 마개[7]로 당기고, 뒤에서는 사람들이 모여 대왕고래를 밀어내면 구조가 가능할 것 같다.'로 대책을 세웠다.

좌중에서 더 이상의 상책이 없음을 확인하고 귀결시켰다. 김 이장이 최종 확정안을 마무리하고 만조 전후로 하늘과 바다가 조용해주기만을 기원할 수밖에 없음을 수긍하게 되었고, 대왕고래를 살려내는 열쇠는 하늘에 있음을 다시 한 번 실감하였다.

김 이장은 날씨가 변수임을 강조했다.

"소한(小寒) 추위가 코앞인데 내일 중으로 대왕고래를 살려내지 못하면 절망입니다. 내일 밀물 만조 때가 오시(午時, 10시경)쯤 될 것이니 태산이 무너진다 해도 그 시간에 사람들을 동원하여 총력전을 펼쳐야 합니다."

김 이장의 강력한 어조에 동장들도 모두 고개를 끄덕였다.

---

7. 마개: 멸치 어장의 그물을 거두기 위해 그물배 뒤에 설치한 통나무 기둥. 장정 3~4명이 같이 감아올리는 것으로 1㎞가 되는 긴 그물도 거뜬히 끌어낼 수 있다.

"4개(마을에 4개의 어망 契가 있음) 어망계장에게 내가 책임지고 망선(그물배)과 테우(터배)하고, 고래 꼬리, 날개, 몸통을 묶을 밧줄을 동원되도록 하겠으니 각 동장들은 어망계원들과 청년들을 총동원하여 사시(巳時, 8~9시경)까지 현장에 집결해주도록 간곡히 부탁합니다."

김 이장의 비장함에 동장들의 표정 역시 무겁고 비장하였다.

"우리들은 속히 가서 내일 총출동 준비를 하는 것이 어떻습니까?"

한 동장의 말에 다들 동의하였다. 김 이장은 '그러면 오늘은 이만 끝내고 내일 준비에 만전을 기해 달라.'고 다시 한 번 당부의 말을 하였다. 이장 집을 나서는 동장들은 무거운 짐을 짊어진 채 내일 날씨에 온 신경을 곤두세웠다.

석양을 삼킨 북서풍이 점점 강해지기 시작했다. 비릿한 바닷물 냄새가 벌써 골목길까지 와있었다. 수일 내로 날씨가 거칠어질 것을 예고하는지 바닷물의 비린내가 거북하다. 바닷물 냄새로 날씨를 짐작할 수 있었다.

「쾌청한 날씨를 선사하고자 할 때는 시원한 싱그러운 공기를 선사하고, 날씨가 거칠어지고자 하면 바다 비린내가 짙어진다.」

대왕고래
구출작전

한라산 정상을 짓누르던 먹구름[8]이 삽시간에 온 하늘을 덮었다. 날씨가 심상치 않음을 미리 예고하는 듯한 아침이다. 검은 구름이 하늘을 뒤덮었지만 바다는 오히려 태풍전야처럼 잔잔하기만 하였다.

밀물 때에 맞추어 대왕고래가 갇힌 물웅덩이 '고래수'에 바닷물이 들어차기 시작하였다. '고래수' 앞에는 여러 척의 배와 테우가 대기하고 있었다.

김 이장이 지휘를 맡았다. 몇 사람은 대왕고래의 꼬리와 몸통에 밧줄을, 또 다른 사람들에게는 배에 밧줄을 묶도록 미리 지정해 놓고 밀물이 만조가 되기를 기다렸다. 많은 마을 사람들이 구출 장면을 지켜보려고 모여들었다. 그때까지도 대왕고

---

8. 제주에서는 한라산 정상에 삿갓처럼 먹구름이 끼면 며칠 내로 날씨가 나빠지는 경우가 많아 사람들이
   날씨를 예상하는 데 이용한다.

래는 눈을 지그시 감은 채 미동도 하지 않았다. 준비를 마친 김 이장은 대왕고래 앞에 다가서서 입담을 시작했다.

"그동안 대왕고래께서 고생 많았습니다. 소한 강추위가 면전에 닥쳐와 있어 한시가 바쁜 시간입니다. 밀려오는 밀물 때를 놓치지 않고 당신을 구출해 내고자 마을 사람들이 총동원되었으니 힘들지만 기력을 되찾아 이곳을 무사히 빠져나가 넓은 바다로 돌아가 주기를 간절히 바랍니다."

입담을 마친 김 이장은 대왕고래의 등을 두 번 "탁! 탁!" 쳤다. 그러나 고래는 꼼짝도 하지 않고 누워만 있다.

시간이 오시(午時)에 이르고, 밀물은 만조시간에 맞추어 물웅덩이를 다 채워가고 있었다. 역할을 지정받은 동장들이 고래 몸체에 밧줄을 여러 번 감아 대기하고 있는 배에 줄을 이었다. 김 이장은 뱃고동을 불 때 지정된 뱃사람들이 밧줄을 끌어당길 것을 지시하였다. 그리고 젊은 사람들은 고래를 일려 세울 준비를 하였다.

잠시 후 김 이장이 뱃고동을 불 사람을 향하여 수건을 흔들 준비를 하였다. 김 이장은 만조의 순간을 확인하기 위해 검은 바위벽 물금을 가만히 지켜보고 있다가 이때다 하여 뱃고동 재비(잡이)를 향하여 수건을 흔들었다. 썰물로 돌아서기 직전이었다. 시계를 대신하여 바위벽에 물 눈금을 표시하여 바닷물이 만조정점을 찍고 썰물로 돌아서는 순간을 미리 표시해 놓았었다.

"붕―" "붕―"

힘 실은 고동소리가 먼 바다를 향하여 울려 퍼지자 배에서
는 일제히 노를 젓기 시작했다.

"엿샤! 엿샤!"

사람들은 혼신의 힘을 다하여 대왕고래를 끌어당겼다. 북서
풍을 탄 파도가 일렁이기 시작하였다. '붕― 부웅' 하는 고동 소
리와 '엿샤! 이―엿샤!' 하는 사람들의 안간힘을 모으는 소리가
바람을 타고 흥청댔다. 배에 탄 선원들은 그물망에 세 사람씩
달라들었고, 노 한 자루에는 두 명씩 달라붙었다.

그러나 배는 요지부동이었다. 젖 먹던 힘까지 다 동원했지
만 대왕고래는 한 치의 움직임도 허용치 않았다. 젊은 사람들
은 장대로 고래 등을 "워!" "워!" 밀어내기 시작하였다. 드디어
대왕고래가 약 1m 정도 움직였다.

"야! 움직인다."
"다들 힘내라. 고래가 움직이기 시작한다!"

사람들이 환호성을 터뜨렸다. 이제 곧 대왕고래를 이동시

킬 수 있게 될 것이라는 기대감이 생겼다. 집채 같은 파도가 몇 차례 대왕고래 위로 쏟아졌다. 파도의 호된 매질에 대왕고래가 잠시 한 번 눈을 떴다 했더니 눈망울을 한 번 회전하고는 또다시 조용히 눈을 감은 채 요지부동이다.

대왕고래의 이동이 거의 없는 가운데 시간만 사정없이 흘러만 갔다. 밀물의 힘이 다 소진되고 썰물로 돌아서기 시작한 것이다. 일 분 일 초가 아까운 상태였다.

대왕고래
구출작전 철수

그런데 성난 동장군을 앞세우고 또다시 먹구름이 몰려오기 시작하였다. 밀려오는 파도가 심상치 않게 배 몸체를 흔들어 댔다. 파도가 높이 올랐다가 배 갑판을 넘기 시작하였다. 배가 요동치자 배에 탄 사람들이 중심을 잃고 당황했다. 먹구름이 가득한 하늘과 검푸른 바다는 어디가 하늘이고 어디가 바다인지 구분이 되지 않았다. 바람을 타고 바다가 요동치고 갈매기가 파도 사이를 곡예를 하듯 춤을 추었다. 배도 덩달아 파도에 취해 거칠게 흔들렸다. 흰 파도가 일어서서 갯바위를 때리면 검은 바위가 "철석, 철썩" 흰 거품을 토해냈다.

대왕고래 구출 작전의 총지휘자인 김 이장은 결단을 내려야 했다. 이대로 계속하다가는 사람들이 다칠 수 있었다.

"모~두 철수 준비하시오~오!"

김 이장의 목소리는 바람 소리와 파도치는 소리에 묻혀버렸
다. 사정없이 흔들리는 배를 향해 수건을 들어 철수 준비 신호
를 보냈다. 이리저리 수건을 흔들어대자 그제야 선원들이 감
을 잡고 바다에 넣었던 닻을 빼기 시작하고 철수 준비에 돌입
했다.

망선과 닻배는 속히 움직이기 시작했으나 갯담 근처의 동작
이 더딘 터배는 그만 파도치는 갯담에 자초되고 말았다. 터배
에는 두 사람이 타고 있었다.

"배를 버리고 탈출하시오!"

김 이장이 다급하게 소리쳤다. 터배에서는 '사람 살려라'는
소리가 파도 바람에 너울너울 들렸다. 다행이 망선에서 던진
밧줄이 터배 사람들에게 던져지자 밧줄을 몸에 감고 파도를
벗어나 망선에 구조되었다.

배들이 밀려오는 높은 파도에 들썩거리고, 포구로 대피하는
사람들의 외침 등으로 인해 사람들이 철수하는 장면은 마치
해전을 방불케 했다. 파도의 철썩이는 소리와 바람의 괴성 때
문에 말이 제대로 전달되지 않았다. 손짓만으로 겨우겨우 의
사소통을 하고 있지만 완벽하지는 않았다.

죽음이 바로 곁에 있는 것 같았다. 대왕고래를 구조하기 위
해 나섰던 사람들은 천지가 혼란한 난리 통에 갇힌 듯 우왕좌
왕했지만 대왕고래는 눈 한번 깜짝도 하지 않고 죽은 듯 숨죽

이고 있었다.

"철석 철썩" "휭 휭" 파도와 바람의 괴성이 하늘을 찌를 듯
요란했다. 점차 심해지는 날씨에 당황하기 시작한 김 이장은
걱정이 앞섰다. 큰 산맥처럼 밀려오는 높은 파도에 항복할 수
밖에 없었다. 현장을 지켜보며 낮게 날던 갈매기들도 배 주위
에서 맴돌다 지쳤는지 하나둘 날아가 버렸다.

"모두 속히 철수하라!"

김 이장이 다시 한 번 크게 외쳤다. 하늘은 벌써 소한의 독
기를 쏟아내고 있었다. 큰 파도들이 갯바위를 향하여 돌진하
더니 갯바위를 "쿵 쿵" 때려댔다.

"철수하라! 철수해!"
"고래에 감겨진 밧줄은 속히 풀어라!"
"배들은 속히 포구로 대피하라!"

김 이장의 다급한 목 쉰 소리는 서북풍 거센 바람을 타고 간
헐적으로 너울거리듯 들려왔고, 성난 파도에 배들도 철수하기
가 쉽지 않았다. 갯바위는 밀려오는 파도와 철수하려는 배들
로 아수라장이다. 성난 파도에 쫓긴 배들은 줄행랑을 치기에
바빴다.

대왕고래의 혼
성난 파도를 타고 떠나가다

마을 사람들이 대왕고래를 구출하는 동안 날씨가 잠잠하기를 바랐지만 하늘은 무심(無心)하게도 받아주지 않았다. 현장 가까이서 고래를 지키며 살려내기를 애타게 바랐던 마을 사람들도 서북풍의 매서운 독기를 품은 성난 사자가 달려오는 것 같은 파도를 이겨내지 못하고 하나둘씩 흩어지기 시작했다. 구조에 나섰던 사람들과 이들을 지원하였던 마을 사람들 모두가 패잔병처럼 허탈하게 집으로 발걸음을 돌려야만 했다.

허물어진 고래 구출 현장엔 대왕고래만이 외롭게 누워있었고, 하얀 파도가 채찍을 가하듯 고래 등을 사정없이 때려댔다. 대왕고래의 검은 몸체에 하얀 포말이 거품처럼 뒤덮었다가 마지막 몸단장처럼 검은 등을 곱게 씻어 내리기를 반복하였다.

짧은 겨울 해는 이미 서해에 몸을 내려놓았고, 성난 파도만이 갯바위를 때리며 괴성을 울려댔다. 밤이 깊어 갈수록 창문을 때리는 바람소리와 눈보라가 요란했다. "쏴—아, 철썩" 하는 파도의 울음소리와 높이 솟은 파도의 흰 포말들이 수직으로 내리다가 거센 바람에 수평으로 날리며 눈보라와 함께 회오리치며 하늘 높이 날아갔다. 끝내 대왕고래의 무거운 체구를 일려 세우지 못하였고, 대왕고래의 혼만이 성난 파도를 타고 하늘로 떠난 것이다.

김 이장은 대왕고래가 무사하기만을 기도하며 뜬눈으로 밤을 지새웠다. "쿵! 쿵!" "철썩! 철썩!" 밤새 갯바위를 때리는 괴성은 잦아들지 않았다. '혹시 죽기나 하면 그 화(禍)를 어쩌지?' 불길한 생각을 애써 잠재우며 날이 밝기만을 기다렸다.

박 할망도 창문에 부딪히는 싸라기눈 뿌리는 소리에 눈을 붙이지 못했다. 바다가 심상찮게 요동치는 소리에 박 할망도 대왕고래가 무사하기 어렵다는 것을 짐작하였고, 그러한 마음을 호롱불이 위로하는 듯하였다. 마을 사람들도 일찍 찾아온 소한 추위의 위세가 대단해 대왕고래가 살아나지 못할까봐 노심초사하였다. 밤새 요란한 파도소리에 묻혀 온 마을이 숨죽이듯 적막하였다.

대왕고래의 사체

　며칠 동안 성내고 광란을 부리던 날씨는 조금씩 누그러졌고, 집채 같은 파도도 잠잠해졌다. 마을 사람들은 날씨가 잦아들자 곧바로 고래수로 찾아갔다. 그런데 대왕고래는 '고래수'에 없었다. 대왕고래는 '고래수' 옆의 조금 평평한 갯바위 뭍으로 올려져 있었다. 대왕고래의 엄청난 체구가 넓적한 바위 위에 맥없이 늘어져 있었다. 잠시 잠잠했던 '고래수'에 있을 때와는 달리 대왕고래의 등에는 커다란 상처가 가득했다. 윤기로 반들반들했던 고래의 등은 날카로운 바위 돌칼에 밭갈이 하듯 험상궂게 긁혀 있었다. 긁힌 자국들마다 피멍으로 가득했고 윤기가 돌던 등과 배 부위의 형체가 크게 손상되어 있었다. 피거품을 입에 물고 있었고 감겨버린 눈은 보기에도 애처로웠다.

　'대왕고래가 죽어 뭍에 올랐다'는 소문이 바람을 타고 온 마을로 퍼졌다.

「삶과 죽음은 조물주의 의지에 따를 수밖에 없다. 이 지구상의 모든 생명의 생과 사 역시 거역할 수 없는 조물주의 뜻이지 않은가? 대왕고래의 죽음 역시 조물주의 뜻이라고 생각한다.」

　김 이장을 비롯한 마을 사람들은 대왕고래의 죽음을 조용히 수긍하였다. 그렇지만 마을 사람들의 표정에는 대왕고래의 죽음이 앞으로 닥칠 불안과 고통의 큰 파장을 예고하는 것은 아닌지 걱정들이 가득했다. 온 동네가 초상난 집처럼 골목길마다 침울했다.

　대왕고래가 살아 바다로 돌아가기만을 마음 속 가득히 빌며 밤새 잠 못 이룬 박 할망은 대왕고래가 죽었다는 소식을 듣는 순간 사랑하는 남편의 죽음을 당했을 때처럼 참기 어려운 충격에 빠졌다. 대왕고래가 마을로 멸치 떼를 몰아다주는 고마운 바다의 대장이라고 생각했었다. 험한 날씨로 거북이가 죽는 꿈을 꾼 다음에 일어난 대왕고래의 죽음이라 마음이 심란하고 불길한 예감이 들었다.
　대왕고래를 살려내기 위해 혼신을 다 쏟았던 김 이장 역시 불안하고 겁이 난 것은 마찬가지였다. 하지만 쓰린 가슴을 삭혀 가며 죽은 고래 사체를 임의로 처분 못 하게 되어 있는 관령(官令)에 따른 앞으로의 일처리에 온 신경을 집중했다. 대경(大鯨: 큰 고래)이 죽어 올라왔다는 신고와 하루 속히 사체를 어떻게 처리할 것인지 관의 명령을 받고자 현장 확인을 속히 하도록 '제주 목관'에 요청하였다.

연락을 접수한 관에서 보낸 두 사람의 검시관이 김 이장의 안내를 받으며 이른 아침부터 현장에 도착했다. 갯바위 고래수 옆 바위에 눕혀진 고래를 보자마자 깜짝 놀랐다.

"어마어마하다!"

외마디 외치고 멍해졌다. 잠시 후에서야 제정신을 찾은 검시관들이 다시 말문을 열었다.

"제주에서 지금까지 본 고래 중에서 이렇게 큰 초대형 대왕고래는 처음 봅니다."

"30미터가 훨씬 넘겠어요."

"몸통 둘레도 대략 5미터 넘어 보이고, 몸무게도 150톤 이상[9] 넘길 것 같습니다."

두 검시관은 고래를 살피고 난 뒤, 며칠 후 상납할 채유량을 확정한 후 통보하게 될 것이고, 고래 사체가 너무 험하게 상처 입었으니 고기가 상하기 전에 속히 해체하여 채유하라는 긴급 구두 지시를 김 이장에게 남기고 현장을 떴다.

---

9. 지금까지 대한민국(울산)에서 잡힌 가장 큰 고래는 길이 33m, 몸무게 179톤이라고 알려진 바 있다.

대왕고래 사체
해체 준비

다음 날 아침 마을회관에는 일찍부터 동장들을 비롯하여 마을 사람들로 꽉 찼다.

박 할망은 아침에 집을 나서면서 어젯밤 꿈에 나타난 거북이 생각에 여전히 심란하였다.

김 이장은 고래 사체 처리를 해결하기 위해 대책회의를 개최했다. 모인 사람들은 어느 누구도 선뜻 입을 먼저 열지 못하고 있었다. 약간의 시간이 흘러 모퉁이에 앉아 있던 청년 한 사람이 용기내고 일어섰다.

"관의 령이라 일단 고래 사체에서 채유하여 상납은 아니 할 수 없는 일이지만 첫째는 기름을 짜는 수고에 대한 약간의 보상이 당연히 있어야 하며, 둘째는 고기 해체 방법과 동별 배분 방법 그리고 기름을 짜서 상납하는 기준량이 정해져야 할 것입니다."고 발언하였다.

장내는 더 조용해져 청년의 말에 동감하는 눈치다. 청년의 발언은 치밀하게 계산된 이야기였다. 기름 짜는 경험은 있었지만 이번에는 사뭇 다르기 때문이었다. 엄청난 크기며 며칠씩 불을 때고 기름을 짜내야 하는 어려움을 감수해야 했다. 고기 해체 작업도 그렇게 쉬운 일이 아니었다. 동별로 분배하는 일이며, 짜낸 기름을 8개 동에 균등하게 나눠 주어야 했다. 배분 형평이 어긋나면 분쟁의 불씨가 되기 때문이었다. 좌중에서 누구 한 사람 청년의 의견에 이의를 내는 사람이 없었다. 이에 김 이장이 말했다.

"지금 고래는 갯바위 위에서 하루를 넘기고 있는데 겨울철이 되어 다행한 일이지만 하루 속히 처치를 않게 되면 부패되고, 큰일이 발생될까 두렵습니다."

의견이 속히 결정되어야 하지 그렇지 않으면 큰 화를 입어 온 마을이 곤경에 빠지게 될 것이라고 간곡히 호소하였다. 그러나 장내는 개구리가 울던 냇가에 돌 던진 듯 조용하기만 하였다.

그때까지 가만히 앉아 침묵으로 일관하던 박 할망은 속이 답답해지는 것 같은 느낌이었다. 지난밤 꿈이 고개를 들어올리며 속에서 자꾸만 해결의 열쇠를 내놓아야 된다는 충동은 시간이 지나면서 말문을 열게 압박했다. 박 할망이 자리에서 벌떡 일어섰다. 옆의 몇 사람들은 좀 놀라는 표정이었다.

「잔잔할 때는 무엇이든 받아줄 것 같이 자비롭지만 궂을 때는 사정없이 거친 악마의 독한 얼굴을 하는 바다를 바라보며 70 고개를 살아 온 박 할망은 동네에서도 대장 노릇하는 여장부 기질이 있었다.」

박 할망은 좀 상기된 표정으로 단호하게 말을 했다.

"김 이장의 말도 잘 들었으며 앞서 말한 청년의 말이 옳다고 생각한다. 어디 하나 틀린 말이 없다. 나는 여기에 한마디 더 보태고 싶다. 각 동에서 기름을 짜내는 데는 많은 어려움과 인력수고가 따르게 마련인데 며칠씩 불을 때는 장작 나무와 고생에 대한 약간의 대가는 보상되어야 한다. 그 대가는 지금껏 내려오는 관행에 준하여 6대 4의 비율도 좋지만(6은 주인 몫인 관에의 상납량이고 4는 수고자의 몫이다.) 관과의 일이기 때문에 7대 3으로 하는 것이 적당할 것 같다고 하고, 사체 해체와 분배 방법은 고래의 머리, 몸통, 꼬리 부분으로 3등분하여 등분된 부위별로 8개씩 토막내어 동마다 하나씩 총 24개 덩어리로 분배하면 합리적인 방법이며, 형편에도 맞고 짜낸 기름을 8개동에서 기준량을 정하여 모아서 상납하면 된다."
"이 늙은 할망의 의견이 어떠냐?"

박 할망은 긴 이야기를 마치고 동조를 구하는 소리로 매듭을 지으며 자리에 앉았다. 숨죽이고 듣고 있던 좌중에서는

"박 할망 말이 옳습니다. 옳습니다."

박 할망의 의견에 찬성하는 소리가 회의장을 채웠다. 이번에는 한 동장이 일어섰다.

"김 이장님 말씀처럼 지금 한시가 바쁩니다. 이렇게 오래 앉아 있을 시간이 없습니다. 박 할망 말처럼 오늘부터 즉시 행동에 옮겨야 합니다."

김 이장은 이제는 큰 결심을 할 때가 아닌가 하여 입을 열었다.

"답은 박 할망 의견으로 정하는 수밖에 없을 것 같습니다."

"어떻습니까?"

"다른 의견 없으면 그렇게 합시다."

박 할망의 속은 일단 가라앉았다. 가슴 속 거북이가 고개를 숙인 것이다.

김 이장은 일의 큰 방향을 결정하고 나니 한숨을 돌렸지만 고래 해체 작업과 기름을 짜낼 생각 등으로 걱정이 태산이었다.

먹구름이 하늘을 채워놓기 시작하는 음침한 겨울날씨에다 시간은 정오를 훨씬 넘기고 있었다.

김 이장은 오늘 오후 남은 시간으로는 도저히 해체 작업을 감당할 수 없다고 판단하였다. 내일 아침 새벽부터 작업을 시

작하며 내일 하루로 마무리 지어야 되겠다는 생각을 갖고 각 동장들과 협의했다. 각 동장들도 그 방법밖에 다른 대안이 없음을 수긍하였고 김 이장이 계획대로 진행하는 데 동의하였다.

　김 이장은 각 동마다 고래 해체 작업을 담당할 사람과 집도할 칼을 비롯한 각종 필요 도구와 운반 우마차까지 빠짐없이 준비하고, 현장에 모일 것을 지시하고 난 후 대왕고래가 누워 있는 갯바위 현장을 지키고 있는 청년들을 찾아 수고한다고 격려하였다.

　"내일 아침 일찍부터 작업하기로 결정되었으니 오늘 밤만 한 번 더 고생해 달라."

　당부의 말을 하고는 준비해 온 막걸리 한 통을 건네주고 현장을 떠났다.

　저녁 해는 벌써 바다 위의 빛을 걷어 들이며 수평선 어둠 속으로 내려앉았다.

대왕고래 사체
해체 집도

　다음날 새벽 구름 사이로 연한 햇살이 퍼지는 동천 한쪽이 점차 붉은 빛이 감돌면서 동이 트기 시작했다. 새벽부터 갈매기 떼가 생전에 다정했던 고래의 죽음을 애도나 하듯 벌써 김녕 앞바다를 휘젓고 있었다. 먹이 냄새를 맡은 까마귀들도 오늘은 대왕고래의 사체 해체 현장인 고래수 갯바위 주위에서 진을 치고 있었다.

　현장에는 벌써 각 동에서 차출된 작업반과 현장을 구경하려는 마을 사람들이 모여들어 있었다. 고래 사체 주위를 원을 지어 모여선 인원이 대략 2백 명을 넘어섰다.
　김 이장은 해체를 집도하기 전에 비스듬히 갯바위 위에 누워있는 고래의 위치를 고려하여 칼을 잡고 있는 사람들을 잘라 낼 곳에 배치하였다.

한편 박 할망 일행인 듯 할머니 세 분이 나란히 서서 현장 입회를 책임질 것처럼 하고 있었다. 그러나 박 할망은 눈앞에서 대왕고래가 세 토막으로 사라지는 순간을 생각하며 멍하니 넋을 내려놓고 있었다.

　해체 작업에 참여할 사람들이 다들 제 위치를 잡은 것 같았다. 이에 김 이장은 상기된 표정으로 대왕고래 사체 앞에 한 발짝 가까이 다가섰다. 김 이장은 예부터 전통적으로 생명체의 존엄성을 인정하여 덩치 큰 수백 년 된 고목을 자를 때도 '관의 령에 의해 벌(伐)하노라'는 큰소리로 고(告)하고 나서 집도하는 예를 갖추는 것을 상식으로 알고 있었다. 김 이장은 조금 뜸을 들이면서 생각을 하고 말문을 열기 위해 대왕고래 앞으로 바싹 다가섰다.

　"대왕고래님에게 김녕리 마을이장이 고(告)하노라!"
　"해마다 우리 마을에 멸치 풍년어장을 만들어내는 바다의 대장이신 그대가 어찌하여 이 지경이 되어 엄동에 얼음장이 된 이곳에 누워 있소! 애석하도다! 그대가 베푼 은혜를 잊은 적이 없지만 어찌하오리까? 관(官)의 령이 있어 그대에게 칼을 대고자 하니 너그럽게 이해하고, 이미 사라질 육신에서 기름을 짜 우리 인간들에게 캄캄한 밤을 훤하게 밝히는 데 쓰이는 큰 덕을 주시게 된 것에 대해 깊이 머리 숙이고 집도하겠노라! 혹시 혼이 있다면 그대의 고귀한 희생이 우리 마을에 길조를 갖고 오는 더 큰 복이 되게 하여 주시기 바라면서 끝으로 하늘나라에서나마 이 세상에서 못다 한 행복한 삶이 이루어지기를 기원하노라!"

이렇게 대왕고래에 애정을 갖고 고(告)하는 말이 끝나자마자 마지막 인사 차례로 김 이장은 큰 사발에 채워진 술을 고래 머리 위에 부었다. 대왕고래의 머리에 부은 술은 애처롭게 감겨진 고래의 눈을 적시고 입가로 흘러내려 마치 울면서 술을 마시는 것처럼 보였다.

곧이어 칼을 잡은 사람들이 고래 사체 앞으로 다가서기 시작했고, 주위를 둘러싸고 있는 마을 사람들은 조용히 숨을 죽였다. 구름을 빠져나온 해님도 침묵에 동참하듯 조용하였다. 아무 저항 없이 축 늘어져 있는 처참한 고래 사체는 돌칼에 찢어진 흰 배 부분이 구름 사이로 가끔 내뱉는 햇살을 받아 은빛을 내놓을 뿐이었다.

김 이장의 대왕고래에게 마지막으로 애정 어린 고별사를 조용히 경청한 박 할망은 도저히 곁에서 지켜볼 수가 없었다. 그렇게 며칠 사이에 자기 꿈속의 거북이와 대왕고래 생각으로 비몽사몽 상태에 있었는데, 오늘 눈앞에서 충격적인 일이 전개되고 있으니 마음이 어찌 괴롭지 않겠는가! 박 할망은 곧 집도할 장면을 차마 보기가 거북한지 시선을 딴 데로 돌리며 자기자리를 뒷사람에 양보하고는 뒤로 물러섰다.

고래 몸체 앞에는 굳은 표정을 한 칼잡이 셋이 굳게 입을 닫은 채 서 있었다. 그들의 집도로 사체는 금세 그 형체를 잃어 갔다. 칼이 고래의 붉은 살점을 두부를 자르듯 갈라내기 시작하자 검붉은 피는 시냇물이 콸콸 흐르듯 바닥에 넘쳐 물웅덩이가 순식간에 붉은 핏물로 채워졌다. 그리고 칼잡이 셋의 온몸은 피로 범벅이 되었다. 주위에 모인 사람들도 해체되는 순간을 참아내기가 힘들었는지 이곳저곳에서 허탈함이 느껴지는 탄식들이 심각한 분위기의 적막을 깨뜨렸다.

해체 작업장 주위에서 보조자들이 빠르게 움직이며 세 토막으로 잘린 부위별 덩치를 여덟 토막으로, 총 24토막으로 나누었기 때문에 각 동별로 자동 배분되었다.

일찌감치 갈매기가 물러선 자리엔 까마귀떼 수십 마리가 멈칫거리며 있었으나 사람들에 쫓기어 저만치에서 "까악, 까악" 소리 지르며 뒤처리를 자기들에게 맡겨달라고 아우성을 친다.

눈이 내리지는 않았지만 한겨울의 정오 날씨는 가끔 구름사이로 가는 볕(細光)이 보였지만 칼바람으로 매서웠다. 추위를 피하기 위해 몇 곳에 불을 지폈는데, 어지러운 겨울바람에 연기와 불티를 피하느라 구경나온 사람들이 이리저리 고개를 돌리는 모습들이 애처롭게 보였다.

겨울의 세찬 서북풍 바람이 고래 사체 해체 현장의 모닥불 연기를 쉭! 하니 휘감고는 사람들의 등을 때리고 방향을 살짝 틀며 넘어갔다.

대왕고래 사체
해체 마무리

작업 시간이 꽤 흘렀다. 아침 썰물에 빠져나갔던 바닷물이 밀물이 되어 갯바위를 넘어서려고 하고 있다. 한라산 서쪽 위 먹구름에 잠긴 해의 위치로 보아 어렴풋이 오후 두 시가 넘는 듯했다.

대왕고래 사체 해체 작업자들과 마을 사람들은 점심을 거른 채 각 동에서 챙겨온 찐 고구마를 간식으로 허기를 달래며 짧은 겨울 낮 시간 안에 작업을 마무리하려고 작업 속도를 올리고 있었다.

고래 해체는 계획대로 머리, 몸통, 꼬리 부위별로 삼등분 되었고, 다시 각기 여덟 토막으로 나뉘어서 8개 동으로 배분되었다. 피 묻은 고기와 내장을 바닷물에 대충 씻고는 각 동에서 가져 온 우마차에 실었다.

결국 작업이 거의 마무리되었다. 3명의 집도한 사람들도 핏물에 젖은 옷을 갈아입고 칼과 부수 도구들을 바닷물에 대강 씻었다. 현장 청소는 일찍부터 예약해 놓은 까마귀들과 넘실대는 밀물에게 일임했다. 고기를 실은 우마차 달구지 대열을 앞세운 김 이장을 비롯한 일행은 겨울 해를 뒤로한 채 전투를 끝내고 돌아가는 군대 행렬 같았다.

고래가 해체된 갯바위 바닥, 사람들이 모두 떠난 자리엔 까마귀 떼들만 제 세상이 되었다고 아귀다툼이었다. 패잔병이 된 갈매기 떼는 멀리 검은 바다를 휘젓고 있다가 흰 파도가 높이 치솟고 있는 갯바위 틈새에서 멸치 하나를 놓고 여러 마리가 사투를 벌이고 있다. 겨울 해는 점차 서쪽으로 기울어져 어둠을 재촉하고 있었다.

박 할망은 부지런하고 열심히 살아온 덕택인지 건강한 편이었다. 그러나 오늘따라 박 할망은 기력이 많이 상실되었다. 같은 일행인 다른 두 할머니에게 "우리들은 좀 천천히 걷자."고 박 할망이 부탁하였다. 박 할망의 눈앞에는 순식간에 사라진 대왕고래가 자꾸만 어른거렸다. 모든 것을 다 잃은 것 같은 허전함이 밀려왔다. 곁에서 같이 걸어가는 두 할머니는 박 할망이 상심하고 있음을 감지했는지 박 할망의 양팔을 좌우로 부축해 줬다.

박 할망은 지난밤 오랜만에 남편 꿈을 꾸고는 식은땀으로 요를 적셨다. 남편이 작고한 지 수십 년 만이었고, 아들 덕천이 서른을 넘기면서는 처음으로 꾸는 상면이었다. 첫 만남처럼 수줍은 나머지 말문이 막혀 아무 말 없이 반가운 낯을 대하는 것이 기억의 전부인 꿈이었다. 잠을 설친 박 할망은 무슨 일이 생기려나 하는 불안감이 꿈 생각과 함께 고개를 들었다.

고래 기름
짜기

제주의 겨울 날씨는 영하로 내려가는 날이 많지 않은 온화한 편이지만 오늘은 오랜만에 닥친 추위로 온도가 영하 2.3℃로 내려갔고, 귓불을 때리는 칼바람으로 체감온도는 더욱 매서웠다.

각 동네마다 가져간 고래 고기로 기름 짜기 작업이 한창이었다. 불 땔 장작 마련이며, 가마솥을 비롯한 부수 기구 마련에 분주하였다. 이미 제주목관에서는 채유 상납량을 80말로 각 동마다 책임량 배분이 쉽도록 통보해왔다. 각 동마다 10말들이 옹기 1개씩 나누어 줄 수 있도록 총 여덟 개를 마련하면 될 것으로 결정되었다.

고래 해체를 마무리 짓고 한숨을 돌린 김 이장은 쉴 새 없이 동마다 짜낸 관에 상납할 기름을 담아낼 용기를 구입하느라 동분서주하였다. 겨우 구입한 10말들이 용기를 각 동에 한 개씩 배부하였다.

　민초들은 아직껏 고래 고기를 먹을 줄을 몰랐다. 그저 기름을 짜서 상납해야 하는 고통을 감수해야만 했다. 단지 몰래 감췄다가 등유로 사용하는 것이 고작이었다. 기름을 짜는 매캐한 냄새가 온 마을을 며칠씩 진동시키며 돌담에 머물며 떠날 줄을 몰랐다.

　온 마을에서 고기 기름 짜기가 한창이었고, 족히 3, 4일은 걸린다고 내다보았다. 기름을 짜기 시작한 지 5일째 되는 날이었다. 2개 동에서 먼저 김 이장 집에 기름 담은 통을 들고 찾아왔다. 그러나 가져온 기름은 10말들이 옹기에 기준량에 크게 미달하며 책임량의 절반도 안 되었다.

　김 이장이 깜짝 놀랐다. '이게 어떻게 된 일이냐'고 물으며 얼굴을 붉히기 시작했다.

　"기름 짜는 과정에서 덜 나온 것인지 그렇지 않으면 정해놓은 기준을 무시하고 수고분으로 더 많이 챙겨놓았는지에 대해 이야기해 보세요."

　김 이장이 역정을 내며 다그치자 두 동장은 약속이나 한 듯이 10말 정도 나오리라 한 예측이 잘못되었다고 우겨대며

　"짜낸 것이 6말 정도밖에 안 되므로 거기에 7대 3 비율을 수고분으로 빼고 나머지를 가져왔습니다."

김 이장은 말문을 닫았다. 큰 일이 날 것 같은 불안감이 엄습하였다. 관에서는 항상 고기(고래) 크기를 기준으로 짜내는 기름양을 귀신같이 정확하게 산출하기 때문에 큰 편차 없이 상납량을 확정짓는 령이 내려지므로 미달 시는 가차 없이 위법의 절차를 받게 된다. 먼저 가져온 2개 동의 소식이 전 동으로 퍼지자 김 이장은 더욱 난처한 처지에 놓이게 되었다. 어찌할 방법을 찾지 못하는 표정이었다.

다들 앞서 가져온 동처럼 비슷한 양만을 용기에 담고 가져온 것이었다. 김 이장은 속이 탔다.

"왜들 다 같이 이러느냐!"

동장들을 모아 놓고 노발대발하였다. "동장들이 똑같이 짜고 한 일이라고 아니 할 수 없다."고 우선 엄포를 놓았다. 그리고 "왜 모든 동이 꼭 같을 수가 있느냐!" 하고 다그쳤다. 동장들은 얼른 답을 내놓지 못하였다.

"직접 각 동에 가서 현장조사를 해서 결정을 짓겠소."

김 이장은 또 한 번 큰소리로 엄포를 놓았다. 김 이장이 강하게 나오자 어느 한 동장이 마지못해 죄인처럼 대답을 했다.

"우리 동 것은 이미 수고분을 전부 배부하고 말았으며, 채워낼 방법이 전혀 없습니다."

"이미 쏟은 물입니다." "우리 동도 그렇다."고 다른 동장들도 맞장구를 치며 변명했다. 우선 분배하고 보자는 뱃심이 작용한 듯하였다.

이렇게 나오자 화를 이겨내지 못한 김 이장은 성난 얼굴로 돌변하였다.

"먼저 상납량을 채운 후에 배분을 생각해야지 배분을 먼저 하고 가져오면 어떻게 하겠소! 이 일은 전적으로 동장들이 책임지시오."

김 이장의 단호한 호령에 동장들은 입을 다물었다. 김 이장은 성난 얼굴이 풀리지 않은 채 "이 일은 이장 혼자 책임질 일이 아니라 마을 전체의 공동 문제임을 다들 깊이 인식했어야 한다."고 일침을 놓았다. 동장들은 잘못을 수긍하는 듯 아무 말을 못 하였다.

그리고는 침묵이 방 안을 채운다. 얼마의 시간이 흐른 후 끝자리에 앉아 있던 동장 한 사람이 큰 각오를 담은 이야기를 내놓자 다들 시선이 그쪽으로 집중되었다.

"이미 쏟은 물처럼 되고 말았으니, 현재 모은 양을 가지고 관에 가서 사죄를 하고, 수용해 주지 않으면 동장들 전원이 벌을 받을 수밖에 없습니다." 그의 말이 끝났지만 아무도 이의를 제기하거나 보충하는 사람이 없었다.

잠시 후 김 이장이 결연한 의지를 토해냈다.

"여러 동장들이 말이 없으니 방금 이야기한 동장의 말이 가장 합리적인 제안이라고 생각되니 여러분들은 어떠시오?"

다시 한 동장이 "앞서 말한 동장의 말과 같이 하는 방법밖에 없습니다." 하고 동의하였다.

　김 이장이 굳은 표정으로 그러면 그렇게 결정된 것으로 하겠다고 말하였지만, 앞으로 닥쳐올 파장에 걱정이 태산이었다. 힘든 결정을 매듭 짓고 다들 무거운 발걸음으로 집으로 돌아갔다.

고래 기름
상납

　관에서는 속히 짜낸 고래 기름을 상납하라는 독촉령이 이미 내려져 있었다. 초조한 김 이장은 하루속히 관에 가서 심판을 받고 혹을 떼고 올 일에 온 신경이 곤두서 있었다. 내일 아침 새벽에 출발할 것을 각 동장들에게 미리 통보해 놓았다.

　교통수단이 없으니 아침 새벽에 출발해도 제주목관(김녕마을과 24km)에는 오후 늦게야 도착할 것이었다. 각 동 책임자가 가지고 온 상납할 기름 8통을 4통에 모아 담고 말 두 필의 마차에 싣고 가기로 하였다. 김 이장과 각 동장들은 이미 각오한 터라 쉽게 해결되리라는 큰 기대는 하지 않는 표정들이었다.

　그러나 김 이장은 관에 인맥을 찾아 문제해결에 중재(仲裁)를 부탁해 두는 것이 좋겠다는 생각을 갖고 있었으며, 딴 사람들보다 좀 느긋한 여유를 갖고 있었다.

힘없는 겨울 햇살이 먹구름 사이로 한라산 자락에 살며시 비치는 이른 아침이었다. 아직도 엄동 철이라 새벽날씨는 코끝을 시리게 했다.

다들 점심 주먹밥을 보자기에 싸서 어깨에 메거나 허리에 찼고, 옷도 단단히 챙겨 입었다. 출정하는 병사들을 전송이나 하듯 부인 등 가족들도 걱정이 되었는지 마을 앞에 나와 줄서 있었다. 김 이장은 모인 인원을 확인하고 출발을 재촉하였다. 기름통을 실은 두 필의 마차 뒤를 사람들이 뒤따랐다. 가족들을 향하여 "잘 다녀올게." 하며 김 이장 일행은 서쪽 제주목관을 향해 무거운 걸음으로 출발하였다.

몇 시간을 걸었다. 해는 벌써 중천에 있고 중간지점의 마을에서 지친 다리를 잠시 펴고 앉아 각자 가지고 온 주먹밥을 내려놓고 허기진 배를 달랬다. 그리고 주먹밥을 먹자마자 다시 발걸음을 재촉했다.

다시 한 나절을 걸은 후 서쪽 하늘 끝에 해가 걸쳐졌을 때 제주목관에 도착했다. 김 이장은 일행을 잠시 정문 앞에 세워 놓았다. 마음먹고 도움을 요청할 송 이방[10]을 찾아 나섰다. 진작부터 사정을 익히 알고 있던 송 이방은 김 이장에게 자세한 사건의 내용을 들었다. '알았으니 우선에는 관의 처분을 받고 있으라'고 안심시켰다.

---

10. 조선시대 승정원 '이방'(인사, 비서직) 이름은 송두옥(宋斗玉). 1850(철종 1년)~1922년 조선 말기 무신 출신이며. 고종 때 제주의 대정군수 역임.

일행은 즉시 목관 담당관 앞으로 불려 나갔고, '관명위반' 죄목으로 전원이 감옥에 수감되는 처지에 놓이게 되었다. 죄목은 고래 기름 임의 사용으로 상납량을 미달시킨 '관명위반죄!' 출구가 보이지 않고 앞이 꽉 막히고 말았다.

혹시나 하는 요행을 바라며 기다리던 이장과 동장 가족들은 난리가 났다. 이미 예견했던 일이지만 혹시나 하고 기다리던 참에 막상 수감을 당했다는 이야기를 기름을 싣고 갔던 마부에게서 전해 듣고는 낙심했다. 이장 일행이 관에 수감되었다는 소문이 온 마을에 확 퍼졌다.

낮부터 지붕 위에서는 까마귀가 "까악" "까악" 울어댔다. (제주에서는 까마귀 울음소리를 불길한 징조로 여겼다.) 소식을 접한 동장 가족들은 김 이장 집으로 속속 모여들었다. 어떡하면 될 것인지 누구 하나 해답을 못 내놓고 서로의 얼굴만 바라보았다.

눈과 비가 섞인 진눈깨비가 세차게 내리더니 저녁에는 싸라기눈으로 바뀌고 난 후 함박눈이 내리기 시작했다. 바람은 잠들었으나 눈이 쌓일 모양이었다.

김 이장 일행
풀려나다

김 이장 일행이 수감된 지 삼 일이 경과되는 날이었다. 송 이방이 간수를 대동하고 김 이장과 동장들이 수감된 옥방을 찾았다.

"그동안 고생이 많았소. 이번에 죄과를 벌과금(罰科金)으로 대체하는 쪽으로 처리되도록 추진하고 있소. 며칠만 고생하면 풀려날 수 있을 것 같으니 안심하고 기다리시오."

송 이방의 말에 김 이장이 손을 덥석 잡았다. 김 이장은 조금 안도한 표정이 되었다.

"아이고, 송 이방님! 감사합니다. 정말 감사합니다."

김 이장은 연신 고개를 숙이며 감사 인사를 했다.

김녕 마을 김 이장의 집은 연일 동네 사람들로 붐볐다. 그중에는 전(前) 이장을 비롯한 몇몇 마을 어르신들이 모여 대책을 짜느라 분주했다.

"이렇게 곤궁에 처할 때 노인들이 지혜를 내놓아야 하지 않겠소."

어느 한 노인이 입을 열었다.

"이번 일은 너무 큰 사건이므로 해결방법은 제주 목관에 우리 마을의 사정을 잘 아는 '송 이방'에게 부탁하여 중재를 요청해 봅시다."

"그럽시다. 하루속히 내일이라도 대표를 보내기로 합시다."

다음 날 오전, 김 이장의 집에는 소식이 궁금해서인지 몇몇 어르신들이 모이기 시작하였는데, 벌써 정오를 넘어가고 있었다.

관에서 보낸 소식을 갖고 온 전(前) 이장이 가벼운 발걸음으로 김 이장의 집에 들어섰다.

"오늘 늦게 김 이장 일행이 전부 풀린다는 전갈이 왔습니다."

송 이방에게 받은 전갈을 풀자, 온 집안이 환호성으로 흔들렸다. 김 이장의 부인이 마당으로 뛰쳐나왔다. 그리고 방에 있던 여러 노인들도 문을 열고 창밖으로 얼굴을 내민다. "잘됐다." "잘됐어." 하는 소리가 여기저기에서 떠들썩하게 울렸다. 김 이장의 부인은 어젯밤에 "황소 한 마리가 집 안으로 들어오는 꿈을 꿨다." 하며 함박웃음으로 열린 입을 다물지 못했다.

쌀쌀한 겨울 감방에 갇혀 있던 김 이장과 동장들은 풀려나는 순간 비 갠 후 맑은 하늘을 보는 것처럼 가슴이 확 트인 해방감을 느꼈다. 늦겨울 오후의 거친 바람에도 집을 향하는 발걸음들이 한결 가볍기만 하였다.

출발한지 몇 시간이 흘렀을까? 제주목에서 마을까지 험하고 먼 자갈길을 걸어오느라 오후 해를 다 보내고 이미 땅거미가 내려앉아 있었다.

마을 청년들이 오 리(五里) 정도 마중 나왔다. 마중 나온 십여 명의 마을 청년들은 이장 일행 중 혹시나 낙오자가 있으면 책임질 준비를 한 것이었다. 일행 중에서 한 사람이 급히 뛰어들어오면서 "곧 도착합니다." 하고 마당 안으로 소식을 전하자 집 안이 들썩거렸다.

"이장 부인과 동장 부인들은 냉수 한 사발씩을 준비하시오"

박 할망의 말에 지혜가 번쩍인다. 지혜는 그냥 오는 것이 아니며 한 해 두 해 연륜이 쌓인 오랜 경험에서 만들어진다. 그래서 70 평생의 무게를 짊어지고 살아가며 쌓아 놓은 박 할망의 지혜가 남달리 풍부하고 문제 해결을 도왔다.

박 할망의 말이 떨어지자마자 부인들은 이유 불문하고 사발 하나씩 들고 나와 냉수 한 가득 채워놓고 줄지어 섰다. 다들 올레문 안으로 들어설 때 냉수를 온몸에 뿌려주며 액땜하라고 하였다.

"이장 일행이 가까이 왔소."

누군가 말했다. 이장 일행들이 마을 입구에 들어서자 청년 한 사람이 아리랑을 선창하기 시작하였다.

"아리랑 아리랑 아라리오 아~리랑 고개를 넘어간다. 나를 버리고 가시는 님은 십 리도 못 가서 발병난다."

곧바로 아리랑 합창이 시작되었고, 가까워질수록 함성으로 변하였다. 며칠간의 옥살이 고통을 이겨낸 해방감이 분출되어 함성으로 합창되었다. 옥살이 후 먼 길을 걸어 집에 도착하면서 무거운 짐을 벗어던진 허탈과 일시에 몰려오는 피로를 아리랑에 실어냈다.

"나를 버리고 가시는 님은 십 리도 못 가서 발병난다."

끝으로 터져 나오는 젊은이들의 우렁찬 목소리가 김 이장 집 입구에까지 닿았다.

모여 있는 마을 사람들이 웅성대기 시작하였고, 동네사람들도 한 사람 두 사람 모여들기 시작하여 삽시간에 이장네 집 입구를 메웠다. 개선 장군들을 맞이하는 것처럼 가족과 부인들이 집 입구에 두 줄로 도열해있다. 젊은이 몇 사람이 대열을 빠져나가 김 이장 일행을 둘러싸고 "고생 많이 했습니다." 하였다. 사람들은 서로 뒤엉켜 위로하기에 바빴다. 줄 서 있던 대열이 삽시간에 무너지고 귀가 일행을 맞이하느라 서로가 뒤범벅이 되었다.

일행이 집 마당에 들어서자 박 할망이 지시한 대로 부인들은 인사를 하기보다는 냉수 한 사발씩을 들고 숟가락으로 냉수를 연신 뿌려댔다. 다들 뜻밖의 물세례에 고개를 이리저리 돌리며 소리 지르고, 물을 피해내느라 야단들이다. 그리고 난 후 김 이장을 둘러싼 사람, 각 동장들을 둘러싼 사람들끼리 서로 모여 등잔불에 비치는 얼굴들을 살폈다.

잠시 후 박 할망이 김 이장의 양손을 잡고 놓지 않았다. 동네 어르신인 전(前) 이장들도 이들을 둘러쌌다.

"고생했네." "고생했다." "고생 많이 했습니다."

여기저기서 얼굴도장 찍느라고 다들 분주했다. 이장 일행이 풀려나온 들뜬 기분으로 하루를 마감하고 있었다.

동장 부인들과 동네 사람들은 늦은 저녁상을 차리느라 분주하게 움직였다. 모두 무사히 돌아온 기쁨에 배고픔을 잊고 있었다. 일행은 밥상에 머리를 박았다.

"금강산도 식후경인데 우선 먹고 봅시다."

"그래요, 어서 드세요."

이장 일행의 식사하는 모습을 보고 박 할망은 집으로 향했다. 이미 초승달도 삼켜버린 캄캄한 밤길을 초롱불을 앞세운 박 할망 뒤를 따라오는 두 할머니에게 수고의 말을 건넸다.

"풀려난 이장 일행을 오늘 밤 늦게까지 맞이하느라 수고 많이 했어요."

"무슨 말씀이십니까? 박 할망도 가는데 우리도 당연히 가야

지요."

　박 할망은 이장 일행이 무사히 다 돌아오게 되자 기분이 홀
가분해졌다. 지난 며칠 앓아누웠던 무거운 몸이 가볍게 보상
받은 기분이었다.

벌과금
통보되다

겨울의 짧은 해를 보내면서 동내 어르신들과 동장들이 한 두 사람씩 이장 집으로 모여들었다. 다들 앞으로 닥칠 일이 걱정되어 마음을 놓지 못하고 있었다. 좌중에서 어르신 한 사람이 조심스럽게 말을 했다.

"벌과금 통지는 언제쯤 도착할 것인지?"

전(前) 이장이 응답에 나섰다.

"글쎄요. 오늘이나 내일쯤이면 통지가 오리라 짐작됩니다."

그리고 뒷일을 송 이방에게 기대고 있다는 말을 하자 다들 한시름 놓은 표정으로 이장 집을 나섰다.

사람들이 나가고 얼마 뒤 이때다 하고 기다렸다는 듯이 말 발굽소리가 거칠게 김 이장 집 앞에서 멈췄다. 관가 사람이 타고 온 말을 길목에 매어 놓고는 이장 집으로 들어섰다.

"김 이장님! 계신지요?"

마침 방을 혼자 지키던 김 이장이 방문을 밀고 밖으로 황급히 나갔다.

"제주목관에서 왔습니다. 김 이장이십니까?"

"네, 그렇습니다."

"여기 밀봉 문서를 받으시고 수령인 도장을 찍어 주십시오."

김 이장은 올 것이 왔구나 하고 담담한 표정으로 서랍에서 도장을 꺼내 인수인 칸에 도장을 힘주어 찍었다.

"되었습니다. 그러면 이만"

제주목관인은 벌과금 통지서를 인계하고는 인삿말을 남기며 올레문을 나서서 재빨리 말에 올라타고는 땅거미가 내리기 전에 돌아가려고 말에 채찍을 가했다.

김 이장은 밀봉된 봉투를 혼자서 들고 서 있다가 동장들 앞에서 개봉해야 되겠다는 생각을 하였다. 통지서를 잠시 방바닥에 내려놓고 멍하니 쳐다보고 있었다.

동네 사람들은 벌써 관가에서 왔다간 것을 눈치채고 하나둘씩 김 이장 집으로 모여들었다. 전(前) 이장과 각 동장들이 방으로 황급히 들어섰다.

"김 이장님 어서 개봉해 보십시오."

동장들이 걱정스럽게 재촉한다. 김 이장은 밀봉된 '제주 목사령'이라고 적힌 봉투를 개봉했다.

순간 청천벽력이 떨어진 듯 모두의 눈이 커다랗게 변했다. 김 이장의 눈동자는 움직이지 않은 채 통보서에 고정되었고, 전(前) 이장과 동장들도 내용에 집중했다.

령고지(令告知).
갑인(甲寅)년 十二월   일 제주목관 목사 장인식(관인)

대경(大鯨: 큰 고래)이 잡히면 기름을 짜서 채유한 전량을 관에 상납토록 되어있는 법을 위반한 죄인들은 큰 벌을 받음이 마땅하나 부락민들이 등유로 사용키 위하여 저지른 일이라 판단되어 금차에 한하여 체벌형을 벌금형으로 대체하여 부과하니 부과일로부터 1개월 이내에 완납하라.

벌금 십만 량(拾萬兩)
내역이장 이만 량(貳萬兩)
전 동장 팔만 량(각자 만 량씩, 八萬兩)

또다시 노도가 밀려온 것이었다. 좌중은 말문을 닫은 채 아무 말도 못 하고 얼굴만 쳐다보았다.

"이럴 수가 있나, 엄한 법이라 할지라도 넘지 못할 산(山)은 아닌데 어떻게 이 많은 거금(巨金)을 장만한단 말이냐"

다들 이구동성으로 성토하기 시작하였다.

"몸으로 때우자! 몸으로!"

동장들은 감당할 수 없는 벌금 부과에 굳은 각오를 내놓았다. 잠시 후 소식을 들은 박 할망과 친구인 두 할머니까지 세 사람이 허겁지겁 김 이장의 집으로 왔다.

방 안 분위기는 분노로 가득 차 있었다.

"이럴수가, 관의 법이 엄하다고 해도 불쌍하고 힘없는 백성들을 이렇게 무참히 처벌할 수 있느냐."

또다시 억울함을 외치는 소리가 터져 나왔다.

"우리가 이런 거금을 마련할 방법도 없고 몸으로 때울 수밖에." 풀려난 기쁨도 잠시 분노는 하늘을 찌를 것 같았다. 성토하는 소리들이 온 집 안을 흔들었다.

"정말 숨이 막힐 지경입니다. 법은 피도 눈물도 없나."

너나없이 관에 대한 불만을 쏟아 놓았다. 방 안은 성토장이 되어버렸다. 대안 없는 메아리만이 온 집 안을 채우고 있었다. 한 고비 넘기나 싶더니 두 고비 세 고비가 기다렸다는 듯이 줄줄이 꼬리를 물고 찾아온 것이다.

"정말 설상가상(雪上加霜)이다."

"어쩌면 좋지?"

송 이방에게 기댔던 전(前) 이장은 배신당한 기분으로 권위가 실추되어 함구하고는 천장만을 올려다볼 뿐이었다. 김 이장과 동장들은 감당할 수 없는 엄청난 일을 앞에 두고 마음이 얼어 붙어 버렸다.

마을은 하루 아침에 항로를 잃은 배와 같은 처지가 되었다. 해결책은 찾지 못하고 이장을 비롯한 전 동장 마을 책임자들은 자리를 뜨지 못하고 시간만 보내고 있었다. 출구를 찾지 못한 사람들은 깊은 상심에 빠졌다. 보다 못한 김 이장이 어렵게 말문을 열었다.

"오늘은 시간도 많이 흐르고 이 엄청난 일을 해결하기엔 여기에 모인 사람들만으로는 힘들 것 같으니, 내일 마을 총회를 열고 대책을 논의하는 것이 좋겠습니다."

방 안을 가득 채웠던 분노는 조금 잠잠해졌다. 이때 박 할망이 김 이장의 말이 끝나자 말을 이었다.

"거액의 벌과금을 내어야 하는 엄청난 사건으로 탈출구 찾기가 힘들어 보이오. 우리 마을에 멸치를 몰고 와 풍년 어장을 만들어내는 고마운 대왕고래 구출 작전도 허사가 되었소. 처참한 죽음을 당한 원혼(冤魂)을 위로하고 마을에 계속되는 액운을 말끔히 걷어내게 해신제(海神祭: 바다신에게 올리는 제사)를 올리는 것이 좋을 것 같소."

박 할망은 다시 말을 이었다.

"만약 해신제를 지낸다면 내가 책임져서 정성껏 차리겠으니 여러분 생각은 어떻소?"

모두들 박 할망의 의견에 동의했다. 그렇게 해서 액운을 걷어낼 수 있다면 반대할 이유가 없었다.

"박 할망, 감사합니다."

"그렇게 합시다. 고맙습니다."

장내 분위기는 벌써부터 해신제에 대한 기대로 바뀌고 있었다.

박 할망에게는 자기 남편을 바다에 묻은 아픈 상처가 있었다. 그럼에도 불구하고 마을에 닥친 액운을 해신의 구원으로 풀어내고 싶은 마음이 있었다. 김 이장이 다시 나섰다.

"박 할망이 이 어려운 일을 맡아서 치러내시겠다고 하니 저희들 모두는 몸 둘 바를 모르겠습니다. 이처럼 늙으신 '박 할망'도 성의를 다하여 해결하는 데 앞장서고 있는 열의를 본받읍시다. 우리들도 앞으로 30일 투쟁이라도 벌여 나가기 위한 대책 위원회를 구성해 기필코 해결해 나갑시다. 내일 오시(午時: 10시) 마을 공회당에서 마을 총회를 열겠습니다. 모두 참석해 주십시오."

김 이장은 강한 해결의지의 뜻을 담고 말을 매듭지었다. 사람들은 각자 무겁게 앉아 있던 자리를 털고 힘겹게 일어섰다.

해님이 온종일 먹다 남긴 쪽박 달이 서산마루에 걸쳐져 있다. 달빛이 흐려 며칠 안에 날씨가 험해질 것 같았다.

해신제
(海神祭)

인간의 능력이 한계선에 이를 때 절대자인 신(神)에게 구원을 요청하는 풍습이 많다. 박 할망은 파도가 쉴 새 없이 밀려오는 것 같은 마을의 액운을 막는 방법은 해신제를 올리는 길밖에 없다고 생각했다. 그리고 복잡하게 돌아가는 사태 수습에 정신없는 김 이장을 도와 마을의 무사안녕과 마음에 위안이 되는 일을 해야겠다고 마음을 먹었다.

박 할망의 아들 덕천이가 "다녀왔습니다." 하며 들어섰다. 제(祭) 지낼 날짜가 급하게 정해져 있기 때문에 표정이 다급했다.
"날짜가 급합니다."
"모레 정해일(丁亥日)로 받아왔습니다. 시간은 유시(酉時), 곧 어둠이 내리는 시간입니다. 서당선생님 말씀이 바다에 지내는 제사는 정해일이 최적의 날이라고 합니다. 그래서 시일이 다급하지만 더 이상 좋은 날이 없기에 날짜를 받아 왔습니다."

박 할망은 아들 덕천이의 말을 듣기만 했다. 미리 집에 와 있던 두 이웃 할머니는 다급해진 날짜에 어리둥절했다. 잠시 말문을 닫고 생각에 잠긴 침묵은 오래가지 않았다. 해신제를 주관할 박 할망은 그대로 입 닫은 채 앉아만 있을 수 없다는 생각에 결심하듯 입을 열었다.

"할 수 없다. 제(祭) 지낼 날은 첫 번에 받아 온 날짜로 지내야 한다."고 확정하였다.

박 할망은 며칠 동안 두문불출하며 몸가짐에 정성을 기울였다. 마침내 해신제를 지내는 아침이 되었다. 두 할머니는 구입한 제물을 챙기며 분주히 움직이기 시작했다. 박 할망의 아들 덕천이와 며느리도 같이 와서 거들었다. 박 할망은 아들 덕천에게 지어온 축문을 읽어보라고 하고는 조용히 들었다.

"축문(祝文)

정해일(丁亥日) 유시(酉時)인 길시를 맞이하여 이 마을 '박덕천'이가 해신용왕(海神龍王)님 전에 삼가 고(告)하나이다.(옛부터 축례관은 남성 몫이다.)

한없이 넓고 깊은 큰 집을 갖고 많은 덕을 베푸시는 해신용왕님, 그 품 안에 있는 어질고 훌륭한 바다의 대장으로 총애를 받고 있는 '대왕고래'가 우리 마을에 멸치 떼를 몰고 왔다가 마침 불어닥친 한겨울 악천후에 억울한 죽음을 당하게 되어 온 마을 사람들이 애석함을 금할 길 없사오니 이처럼 가련한 처지를 너그럽게 포용하시어 이로 인하여 우리 마을에 몰아닥친 액운을 말끔히 걷어주시고 행운으로 충만하게 하여 주시기를 간곡히 바라는 뜻을 담아 정성으로 마련한 제찬(祭餐)과 주과(酒果)를 올리오니 많이 흠향하여 주시옵기를 간절히 기원합니다."

박 할망은 축문을 읽어 내려가는 덕천이가 어찌나 흐뭇한지 '내 아들이 효자가 맞기는 맞다.' 하며 혼잣말을 중얼거렸다.

박 할망은 오늘 치러낼 해신제 장소로 조용한 곳을 택하였다. 고래가 올려졌던 갯바위 위쪽 평편한 자리를 이미 마음속에 정해 두었다. 만들어 놓은 제물과 제기(祭器)를 두 바구니에 차곡차곡 나누어 챙겨놓고 초롱불을 든 박 할망이 앞장서고, 제물을 짊어진 두 할머니 그리고 제사용 돗자리를 멘 아들과 며느리가 뒤를 따랐다.

인기척에 화들짝 놀란 밤새들이 물 차내는 소리만이 적막을 깬다. 이미 저녁노을이 먼 바다 섬들을 삼켜버렸다. 이미 서쪽 오름 너머로 해도 지고 서해 바다의 물비늘[11]도 점차 어둠속으로 사라졌다.

저녁 해는 이미 졌지만 해신(海神)이 도왔는지 마침 겨울 날

---

11. 잔잔한 파도에 햇빛이 반짝이는 현상

씨는 좀 풀려 있었다. 감춰져 있던 초승달이 별빛을 삼키며 반갑게 인사를 청해 어두워지는 밤길을 열어주고 있었다.

앞장선 박 할망이 장소에 이르자

"다 왔어. 여기에 짐을 내려놓으라."

따라온 아들 덕천이로 하여금 자신이 가리키는 곳에 제사용 돗자리를 펴게 했다. 하늘의 북두칠성이 있는 서북 바다 쪽을 향하여 제물을 차려놓았다. 차려진 제물 앞에 제관인 아들이 섰고, 뒤따라온 할머니 셋은 순서대로 도열했으며, 며느리는 심부름을 했다.

제일 앞에 메(밥) 4그릇(해신님, 대왕고래, 덕천아버지, 거북이)과 다섯 가지 과일, 마른 생선과 미나리 채, 육고기 적, 전복 적, 청주, 맑은 감주 물 등을 순서대로 차렸으며, 수저와 젓가락을 배치하고 향과 술잔을 준비했다. 촛대는 준비했으나 바닷바람 때문에 불은 붙이지 않고 그대로 내놓기만 했다.

제관 덕천이가 첫 잔을 올리고 난 다음에

"길일(吉日), 길시를 맞이하여 해신 용왕님께 삼가 고하나이다." 하고 축문을 낭독(朗)하였다. 이어 '박 할망'이 잔을 올린 다음 두 할머니도 잔을 올리고, 마지막 잔을 올린 후 마감하며 축문을 불태웠다. 불꽃은 어두워진 밤하늘에 곱게 타올랐다가 사라졌고, 남은 재는 하늬바람을 타고 한들한들 춤을 추며 하늘로 흩어졌다.

'박 할망'은 술과 제찬이 섞인 물(物: 술과 밥, 반찬 등이 섞인 것)을 담은 큰 그릇을 들고 우선 북쪽 바다를 향하며 첫 숟가락으로

"해신 용왕님 많이 흠향하여 주셔서 감사합니다." 하면서 갯바위에 물을 뿌렸다.

그리고 "대왕고래님." 하고 물 한 잔을 더 뿌리고는 "신사 거북님과 덕천이 아버지." 하고 나머지 물을 다 뿌렸다.

마지막으로 흰 메밥(쌀밥)을 싸서 담은 '지전'을 바다에 던지며 마무리했다. 이를 바다가 조용히 삼켰다.

「제주에서는 해신제 끝을 정성껏 지전으로 끝낸다.」

제를 지낼 동안 해를 삼킨 서쪽 바다에 얼굴을 내민 초승달은 더욱 밝은 미소로 응답하였고, 별들은 온 하늘에서 반짝반짝 웃음빛으로 번지고 있었다.

제를 마치자 간단히 음복을 했다. 박 할망은 제 지내기에 좋은 날씨를 허락한 하늘에도 감사한 마음 가득했다. 지금껏 무겁게 짊어졌던 큰 짐을 내려놓은 듯해 걸음이 가벼웠다. 그렇게 괴롭히던 일들이 곧 풀릴 것만 같은 예감도 들었다. 옛사람들은 '제' 지낼 때 날씨 좋은 날을 만나면 모든 일이 잘 풀린다고들 했다는 말을 하며 박 할망 일행은 서둘러 집으로 향했다.

돌아가는 밤길을 아들 덕천이가 초롱불을 들고 앞장섰다. 제사용 물품을 담은 바구니를 든 두 할머니와 초롱불을 든 며

느리가 박 할망을 거들며 뒤따랐다.

집에 들어와 짐을 다 풀고 나자 가벼운 마음으로 박 할망이 말했다.

"오늘 쾌청한 초봄 날씨를 만난 것은 택일을 잘해온 덕택이다. 그래서 무사히 해신제를 치러 낼 수 있었어. 너희들도 모두 수고들 많이 했다."

박 할망은 택일과 해신제가 잘 마무리된 것을 길운이 있을 조짐으로 여겼다.

마을 총회

마을 총회를 열어 거금의 벌과금을 마련하기 위한 대책을 논의하는 날이었다. 아침부터 찾아온 늦겨울 추위가 며칠을 끌 채비를 하는지, 한라산 정상 부근에는 먹구름이 잔뜩 둘러싸서 요지부동이다. 마을 사람들은 두툼한 옷을 입고, 차가운 뺨을 비벼대며 마을 회관으로 하나둘 모여들었다.

해는 오시 초(午時初: 10시경)를 가리키고 있으나 추운 날씨라 사람들이 늦을 것이라 생각해서 개회 시간을 늦췄다. 그렇지만 이미 마을 회관에는 주관자인 김 이장과 동장들이 모두 나와 있었다. 전(前) 이장과 몇몇 마을 어르신, 박 할망과 친구 이웃 할머니들, 해녀들과 투쟁을 각오한 젊은이들도 많이 모였다. 젊은 청년들 중 대표 인물은 박 할망의 아들인 덕천이었는데, 덕천이는 마을에서 효자로 평이 나 있는 인물이었다.

시간이 한 시간가량 지나자 마을 회관은 거의 채워졌고, 일부 젊은이들은 마당에 모였다. 대략 150여 명은 넘어 보였다.

"지금부터 마을 총회를 개최하겠습니다."

굳은 표정으로 김 이장이 개회를 선언했다. 김 이장은 마을 총회를 열게 된 취지를 말했다.

"이미 다들 알고 있는 일이지만 상납될 고래 기름의 부당한 사용으로 이장을 비롯한 동장 전원이 '관'에 구속된 사건인데, 벌과금으로 대신하여 풀려났지만 오늘로부터 한 달 내에 10만 량이라는 엄청난 거금을 내야 하는데, 어떻게 풀어야 할지 방법을 찾지 못하여 오늘 마을 총회에서 해결의 방법을 찾고자 합니다."

하지만 말을 듣고 난 마을 사람들의 불만과 거친 말들이 마을 회관 안에서 웅! 웅! 하고 울리며 떠들썩한 난장판이 되었다.

"하나로 뭉쳐 싸우자!" "투쟁하자!"

분노로 인해 사람들은 하나같이 투쟁을 말했다.

"엄청난 거금을 마련할 방법은 안 보이는데 정면 돌파하는 방법이라면 몸으로 때울 수밖에 없는 일이다. 재차 감옥살이 가자!"

젊은 동장들도 마찬가지였다.

"온 마을 사람들이 모두 관에 가서 옥살이를 자청하자!"

난장판을 피하고, 의견을 모으기 위해 전(前) 이장이 회의를 주관했다.

"오늘 기필코 결말을 내어야 합니다."

덕천이와 마을 청년들 쪽에서 그 사이 계획들을 정리하였는지 의견을 말하였다. 청년들이 내놓은 안들은 세 가지로 압축되었다.

첫째 안은 온 마을 사람들이 다들 '관'에 가서 옥살이를 자청하는 일, 둘째 안은 연판장을 돌려 '상소문'을 올리는 일, 셋째 안은 딱하지만 이장과 동장들이 재차 옥살이를 하는 안이었다.

잠시 휴회하는 가운데 청년들은 두 번째 안인 '연판장'을 돌려 '상소문'을 올리자는 안에 의견을 모았다. 각 동 청년책임자들이 헌신적으로 대책위원의 책임을 맡아서 내일부터 상소문에 연판서명을 받기로 하였고, 청년들은 대책위원회 위원장에 덕천이를 선출하였다. 덕천이는 각 동 청년책임자를 지명하였고 앞으로 삼 일 이내에 서명받기를 완료해 내도록 당부하며 실행에 한 발짝 들어서는 계기를 마련하였다.

"일단 '상소문'을 올리고 난 후 해결의 기미가 보이지 않으면 다음 단계인 투쟁 방법을 찾아냅시다."

덕천이는 상소문 제출이 가장 좋은 안이라고 판단하여 전(前) 이장에게 해결안으로 내놓았다. 전(前) 이장은 김 이장과 동장들과 박 할망에게 덕천이가 제시한 안을 전달하였다. 다들 좋은 의견이라며 동의했다. 그래서 청년들이 대책 위원이 되어 마을 사람들로부터 '연판 상소문'에 서명을 받는 것을 주관하고, 상소문 안은 전 이장이 만들기로 하였다. 이렇게 의견을 확정하고 내일부터 실행에 옮기기로 하였다. 전원 합의로 대책회의를 마무리하자 덕천이의 마음도 한결 가벼워졌다.

회의를 마치고 귀갓길에 어머니의 손을 꽉 잡은 덕천이는 따뜻한 체온으로 효심을 전하며 어머니가 추위를 덜 타도록 하였다. 하지만 예전과 달리 어머니의 몸 상태가 쇠약해졌는지 어머니의 손은 무척 차가워서 체온이 전이되지 못하였다. 덕천이는 '어머니가 많이 늙으셨구나.' 하는 생각에 가슴이 시려왔다. 어린 젖먹이 때는 어머니의 따뜻한 체온이 아들에게 전이되는 모정의 순류(順流)가 이제는 아들의 체온이 늙은 어머니에게로 역류(逆流)되고 있구나 하는 생각이 들었다.

전 이장은 집으로 돌아온 후 초저녁부터 호롱불 앞에서 쪼그리고 앉아 상소문 구상에 골몰하였다.

- 상 소 문 -

하늘같이 높으신 임금님 전에

불쌍한 민초들의 딱한 사정을 너그럽게 헤아려 주시옵기 바라면서 상소문을 올리나이다.

우리 마을에 매해 멸치 떼를 몰고 와 어장 풍년을 만들며 큰 도움을 주는 '대왕고래'가 갑자기 닥친 원수 같은 엄동의 설한풍에 밀려 억울하게 목숨을 잃고, 갯바위로 밀쳐 올라 왔습니다. 이 죽은 고래를 기름을 짜서 전량 상납토록 하는 '관령'이 내려졌습니다. 하지만 소박한 마을 사람들이 캄캄한 밤을 밝히기 위해 일부를 임의 사용하여 상납량을 미달시켜 '관명위반 죄'를 범하게 되었습니다.

이로 인하여 마을 이장과 전 동 책임자들이 관에 가 옥살이를 하게 되었으나 체벌을 바꿔 벌과금으로 대체하여 풀려나오게 되면서 한 달 안에 '십만 량'이란 엄청난 거금의 벌과금을 납부하라는 '제주 목관'의 령이 내려졌습니다.

그러나 이 막중한 벌과금은 곧 다가올 춘궁기에 마을을 다 팔고서라도 마련할 능력이 도저히 없어 온 마을 백성들이 큰 어려움에 봉착하게 되었습니다.

이 불쌍한 처지를 헤아려 하해와 같은 넓으신 아량으로 관용의 은덕을 베풀어 주시옵기를 간곡히 엎드려 비오며 상소문을 올리는 바입니다.

갑인년 12월

김녕리 마을 리민

일동 올림

연판장
서명 완수

봄 날씨 같은 아침이었다. 한라산 기슭에는 녹다 남은 잔설이 군데군데 얼룩소 무늬처럼 붙어있었다.

덕천이는 아침 일찍부터 가벼운 발걸음으로 각 동을 돌며 책임자의 집을 찾아 나섰다. 내심 목관에서 내린 가혹한 벌과금이 고래 체구가 크다고 하지만 채유량이 너무 지나친 산정인 것 같기도 하였다. 그리고 도저히 이해할 수 없는 십만 량이나 되는 거금 부과는 부당하다는 불만이 싹트기 시작했다.

"법은 지켜야 하지만 캄캄한 밤을 밝힐 고래 기름이 가까이에 있는데 어느 백성이 유혹을 느끼지 않겠는가? 고래 기름을 짜내면 모조리 상납하게 하는 법이 정당한가?" 하고 중얼거렸다. 백성들에게는 한 방울도 못 쓰게 하고 전량을 상납하라는 관이 원망스러웠고, 혈세로 먹고 사는 관에서 하필이면 왜 고래 기름까지 욕심을 내어 백성들을 괴롭히는지 이해가 되지 않았다. "이럴 바에는 죽은 고래를 그대로 바다로 보내버리는 것이 덜 고생하고 고통도 피해가는 길이다."라는 말까지 듣게 되자 적개심과 분노가 극에 달했다.

분노에 찬 덕천이는 '혼을 담은 계란은 바위도 깬다고 하는데' 혼신을 다하여 기필코 상소문을 성사시켜 내고야 말겠다는 단단한 각오를 마음속 깊이 다졌다. 부당함에 항의하고자 하는 의지가 휴화산처럼 조용하던 덕천이의 마음을 활화산으로 변모시켜 곧 터질 것만 같은 상태였지만 간신히 인내해 내고 있었다. 그리고 며칠 동안 온종일 부지런히 상소문 서명에 매진하였다.

연판장에 서명 받기를 종료하는 날이었다.

아침부터 김 이장 집으로 다들 두툼한 옷을 챙겨 입고 모여들었다. 먹구름이 몰려들며 금방이라도 눈을 쏟아낼 것 같았던 험상궂은 하늘은 조심스럽게 먹구름이 걷힐 기색이다. 일이 잘 풀릴 것만 같았다.

김 이장은 이미 경험 많은 전(前) 이장과 각 동장들을 비롯하여 박 할망과 이웃집 두 할머니들도 오시도록 하였다. 자문을 해 줄 몇몇 어르신들에게도 연락을 하였다. 그동안 수고한 대책위원장인 덕천이와 각 동 책임자들이 완성한 연판장 상소문을 가지고 의논하기 위함이었다. 김 이장은 어제까지 완료한 상소문을 청년들로부터 인수받고 그동안의 노고를 위로를 하는 한편 앞으로의 대책을 논의할 예정이었다.

자리에서 일어선 김 이장이 말문을 열었다.

"그동안 날씨도 추운데 대책위원장인 덕천 회장을 중심으로 연판장을 받는 힘든 일을 마무리한 위원들의 노고에 온 마을을 대표하여 이장으로서 감사의 말씀을 드린다."

김 이장은 덕천이를 바라보며 고개를 숙였다.

"다들 뜨거운 박수를 보냅시다."

모인 사람들은 김 이장이 말이 끝나기가 무섭게 집이 떠날 듯이 박수를 쳤다. 덕천이를 비롯한 청년위원들은 자리에서 일어나 일제히 답례의 인사를 했다. 박수소리가 잦아들자 다시 방 안은 조용해졌다. 김 이장은 무겁게 입을 열기 시작했다.

"오늘 이 자리는 우리 마을의 앞날을 결정짓는 중대한 안건을 논의하는 자리입니다. 다 아시다시피 상소문을 어떻게 처리하느냐 하는 문제를 놓고 여러분들이 좋은 의견을 모아주기 바랍니다."

김 이장의 말이 끝났지만 모두 잠잠했다. 잠시 시간이 흘렀으나 누구 한 사람도 말을 내놓지 않았다. 숨죽이고 고개 숙인 채 중요한 압박감이 장내를 내리눌렀다.

잠시 후 '덕천'이가 참고 있던 말문을 열었다. 덕천이의 말은 힘을 실은 굳은 결심이었다.

"어제까지 나흘에 걸쳐 힘들게 완성한 상소문을 사장시킬 수도 없는 일이며, 상소를 올리지 않아도 될 만큼 일이 풀릴 것도 아니므로 상소를 관철시키기 위해서는 온 마을 사람들을 동원하여 목관 관덕정 앞 광장에 가서 상소 투쟁을 강행해 나가야 풀릴 것이라고 생각됩니다. 그리고 날을 정하여 실행에 옮기셨으면 합니다."

덕천이의 비장한 말이 끝났지만 다들 고개를 숙인 채 말 없었다. 잠시 후 한 어르신이 의견을 말했다.

"이 일이 너무 중대한 일이므로 덕천이 의견도 좋지만 리민 총회를 열고 결정해 봄이 어떠한가?"

지금껏 잠잠해 있던 전(前) 이장이 뒤를 이어 말을 하였다.

"어르신 말씀도 의의가 있습니다만 한 달 안에 내야 하는 벌과금 납부 기간이 벌써 일주일을 그대로 넘기고 있고, 리민 총회를 대신할 각 동을 책임지고 있는 동장과 청년들이 다 모여 있음으로 다시 번거롭게 리민 총회를 열 필요가 없다고 생각합니다."

"그렇습니다."

다시 총회를 열 필요가 없으며, 이 자리에서 결정을 내려야 한다고 여기저기에서 웅성거렸다. 김 이장이 결단을 내렸다.

"그러면 덕천이가 내놓은 의견으로 진행하기로 하겠습니다."

"그렇게 하기로 합시다."

"그럽시다." "좋소이다!"

이렇게 하여 김 이장은 안건을 속결처리하고 '실행에 옮길 날을 각 동장과 상의해서 결정하겠으며, 정해진 날에는 총동원에 차질 없도록 잘해주기를 부탁드린다.'고 매듭짓고 산회를 선언함으로써 투쟁 팔 일째를 마감했다. 그리고 출동할 날을 정하는 일만 남기고 다들 김 이장 집을 홀가분하게 나섰다. 석양에 각자 집으로 향하는 발걸음이 비장한 듯하였다.

송 이방
마을을 방문하다

　오랜만에 활짝 갠 날씨에 아침 공기는 어느새 봄 향기를 담고 살랑인다. 마을 주변 밭과 갯바위의 아지랑이가 숨바꼭질하는데 봄 햇살은 수줍은 봄 처녀 얼굴빛마냥 따스하다. 해변에서 찬바람을 먹고 자란 쑥 잎도 제법 파란 얼굴을 살짝 내밀고 있다. 이른 봄 바다에 들어간 성급한 해녀들이 "호-이, 호-이" 하는 숨비소리[12]가 잔잔한 물비늘 위를 떠다닌다. 박 할망과 이웃 할머니 둘은 잠잠한 겨울 파도 틈에서 갯바위의 봄바람 먹은 톳을 뜨느라 손놀림이 분주하다.

　김 이장은 덕천이의 집과 전(前) 이장 집을 들락거리며 상소 투쟁 날짜 잡기에 정신이 없었다. 전(前) 이장은 닷새 후 갑오(甲午)일로 정하는 것이 좋겠다고 하였다. 그리고 덕천이도 넉

---

12. 잠수하던 해녀가 바다 위에 떠올라 참던 숨을 휘파람같이 내쉬는 소리

넉히 날을 잡는 것이 좋겠다 하며 별다른 의의 없이 동의했다.

이러한 가운데 송 이방이 마을 사람들의 닫힌 마음을 여는 데는 관용의 선심이 있어야 한다는 생각에 마을을 찾았다. 십여 년을 넘게 이어온 우정을 다져놓은 마을이었다.

송 이방은 이번 고래 사건에 도움을 주려고 나름대로 노력을 했으나 꿈에도 상상 못 할 만큼 엄청난 벌과금이 부과되자 마치 자기 일처럼 괴로웠었다. 십만 량이라는 엄청난 벌과금을 낼 수 없는 마을 사정을 뻔히 알고 있었던 터라 심란했었다. 목사의 비서직을 맡고 있는 송 이방으로서는 마을 사람들과 이장, 동장 특히 전(前) 이장에게 낯을 대할 면목도 없었다. 오랜 우정이 깨지는 것을 막을 겸 위로를 전하기 위해 마을을 찾은 것이다.

송 이방은 전(前) 이장의 집 대문 앞에서 잠시 머뭇거리다 안으로 들어섰다.

"그동안 무고하신가? 송 이방일세."

익숙한 목소리에 전(前) 이장이 깜짝 놀라며 송 이방을 맞았다.

"아침 일찍이 출장하느라 수고가 많습니다."

전(前) 이장은 얼른 방문을 열고 따뜻한 아랫목으로 안내했다. 송 이방은 잠시 숨을 고르고 난 뒤, 전(前) 이장 부인이 들고 온 감주(甘酒)¹³ 한 사발에 목을 축였다.

"마을 사람들은 어떻소?"

송 이방은 마을의 분위기를 조심스럽게 물었다. 전(前) 이장은 이때다 하여 며칠 후 갑오일에 관덕정 앞 광장에 온 마을 사람들이 모여서 상소하는 투쟁을 벌이게 될 것과 그동안 연판장 서명까지 다 받아 놓았다는 이야기를 털어 놓았다.

전(前) 이장의 말을 다 들은 송 이방의 얼굴이 돌처럼 굳어졌다. 이 지경까지 되리라 짐작하지 못했다. 송 이방은 전(前) 이장에게 민정 동향을 알고자 왔다고 말하고는, 민심이 다급하게 돌아가고 있음을 감지하고 귀청을 서두르기 위해 전(前) 이장 집을 나섰다.

---

13. 예부터 농촌에서 즐겨 마셨던 토속주의 일종

송 이방의
재방문

오늘도 어김없이 김 이장 집에는 전(前) 이장과 각 동장들과 청년 대표들이 모여 대책회의를 이어갔다.

"관덕정 앞 광장에서 상소할 날도 모레로 다가왔고, 그날은 갑오일이라 날씨도 우리 편이 되어 줄 것입니다. 그날 동원할 사람 중에 노약자를 뺀 나머지 사람들을 최대한 동원하도록 동별로 파악해서 차질이 없도록 해 주시기를 부탁드립니다."

김 이장의 말이 끝나자 덕천 청년회장이 한마디 말을 보탰다.

"그날은 인시(寅時: 새벽 4시경)에 일찍 일어나 조반을 챙겨먹고, 점심은 간편히 찐 고구마 등을 챙기고, 묘시(卯時: 동트는 시간)에 출발하면 반나절이 걸릴 것입니다. 정오를 넘겨 늦게 도착할 것이니 미리 동장들과 청년들은 준비에 차질이 없도록 해야 할 것입니다."

김 이장은 덕천의 말에 흡족한 미소를 지으며 한마디 첨언했다.

"그날 마을을 대표하여 상소문을 낭독할 대표자를 미리 선정해 놓아야 하며 각 동장은 각 동에서 모일 인원을 사전에 파악해두고, 한 사람의 낙오자나 불상사가 발생하지 않도록 각별히 사전준비에 신경 써야 합니다."

김 이장의 말이 끝나자 동장 한 사람이 입을 연다.

"그러면 우선 상소문을 낭독할 책임자로 덕천이를 추천합니다."

동장은 잠시 숨을 고른 뒤 다시 힘주어 말을 이었다.

"상소문 낭독자 선정에는 마을 사람을 대표하여 이장님이 맡아 주시는 것이 좋겠지만 이러한 장소에서는 혈기 왕성한 젊은 청년이 박력 있게 대변하는 것이 큰 효력이 될 것이라 생각됩니다. 그러므로 당연히 청년회장인 덕천이가 맡아 주어야 합니다."

잠시 장내가 조용하더니 모인 청년 전원이 한 목소리로 동의했다.

"이 일을 맡을 사람은 청년회장밖에 없습니다."

"전(前) 이장 계시지요!" 밖에서 돌연 전(前) 이장을 찾는 투박한 음성이 들렸다. '전(前) 이장님을 찾아온 것 같습니다.'며 방문을 여는 사람을 제치고 전(前) 이장이 고개를 내밀었다. 송 이방이 문 밖에 서있었다.

송 이방은 무거운 얼굴로 "그새 다들 안녕하십니까?" 하고 먼저 인사를 했다. 방안에서 전원이 일어서서 관에서 온 손님인 송 이방을 맞이하며 안으로 인도했다.

오래 전부터 김녕 마을과 인연을 가지고 있던 송 이방으로부터 이 마을에서 고래 기름 상납 위반 죄목으로 내려진 사건에 대한 민원이 크게 번지고 있으며 상소문 연판장을 진행하고 있다는 현지 정황을 보고 받은 '제주목사'는 크게 걱정하여 송 이방에게 책임지고 해결점을 찾아오라는 령을 내려 오늘 현지에 급파된 것이었다.

송 이방은 마을에 도착하기 전까지 백방으로 생각해낸 결과 한 가지 묘안을 떠올린 상태였다. 그것은 마을에 가혹하게 부과된 벌과금을 감액해 주는 것이었다. 그래서 마을 사람들의 속마음과 목사의 배려를 이끌어 낸다면 쉽게 해결될 수 있다는 복안이었다.

송 이방은 우선 가혹한 처벌로 관에 대해 격화된 마을 사람들의 억울한 심정을 위안시키고 벌과금을 감액시켜 드리는 방향을 모색할 뜻을 가지고 접근을 시도했다. 송 이방이 조심스럽게 말문을 열었다.

"마을이 '고래'로 인하여 어려운 처지가 되어 이장을 비롯한 여러 동 책임자들까지 고통을 당하게 되었습니다. 마을 사람들에게 법은 멀리 있고 캄캄한 밤을 밝히는 데 필요한 고래 기름은 가까이 있으니 사용하고 싶은 사람들 심정을 이해합니다. 하지만 법을 집행할 관에서는 법의 권위를 세우고 관의 위신을 지켜내기 위하여 '관'의 공정한 법 집행을 원칙으로 하고 있기 때문에 법을 위반한 사람들에게는 벌(罰)로써 바로 잡고자 합니다."

"이런 점을 널리 이해하시고 좀 억울한 벌이라 생각될 것입니다만 '관'과 '마을'이 간격을 줄여 서로 일 보씩 양보하고 화해 정신을 살려 이 문제를 풀어 나가는 것이 좋겠다고 생각합니다. 그리고 이방 자리에 있는 저로서도 여러분들 편에서 풀어보고자 합니다. 그러므로 여러분들이 가지고 있는 좋은 안을 내놓아 주시면 목사님에게 건의하여 해결해 보고자 합니다. 다들 허심탄회하게 이야기를 털어놔 주십시오."

화해 분위기
조성

　송 이방의 말을 다 듣고 난 방 안은 불에 기름을 더한 격이 되었다. 사람들이 웅성대기 시작하였고 서로가 한마디씩 던질 태세로 변하였다. 혈기왕성한 청년들은 지금까지 참아 온 관에 대한 곪은 분노가 폭발하였고, 하늘을 찌를 듯한 성토가 방 안을 채우기 시작하였다. 어느 한 용기 있는 청년이 독기 가득한 입을 열었다.

　"고래기름을 상납하도록 하는 법은 나라의 폭력이자 악법입니다."
　"나라의 주인은 백성이고 임금도 백성이 있어야 임금노릇을 하고 법도 백성 위에 있지 않고 백성을 위해 있는 것인데 민심(民心)이 곧 천심(天心)이 아닌가요?"
　청년의 말이 끝나자 이어 또 다른 청년이 나도 한마디 하자 하며 일어섰다. "민심을 버리면 천심을 잃습니다." 하고 자리에 앉자마자 즉시 바통을 이어받듯 여기저기서 지금까지 참았던 마음속의 말들을 쏟아냈다.

"나쁘게 욕할 것 같습니다." "꼭 죄를 지면 벌하기에만 급급하지 말아야 합니다. 민초들을 괴롭히는 관리는 짐승인 개나 돼지만도 못한 신하가 아니고 무엇입니까?" 하고 심한 욕을 면전에 깔아놓자 송 이방이 입을 함구한 채 죄인처럼 얼굴이 창백해져갔다.

덕천 청년회장이 장내를 정돈시키려고 일어섰다.

"잠시 진정합시다. 송 이방께서 혹을 떼러 왔다가 혹을 더 얻어가는 격입니다." 하고 "지켜야 할 법은 엄하다고 하지만 사람은 캄캄한 밤을 훤히 밝힐 밝은 광명(光明)의 세상에 살고자 하는 본능(本能)이 있는데 말입니다. 공에도 사가 있는지라 (공적인 일을 처리함에도 개인의 사정을 고려하여 처리함), 관에서 많은 관용이 베풀어져야 할 것 같습니다."

송 이방이 그제야 한숨 돌리고 "다 옳은 말입니다."는 말을 한 뒤 다시 고개를 숙였다.

이어서 김 이장이 말을 꺼냈다.

"송 이방께서는 오래토록 관에서도 우리 마을을 많이 도와주신 분입니다. 나뿐만 아니라 온 마을 사람들도 고맙게 생각하고 있으며, 이번 일에도 늘 우리 편에서 도와주고 있음을 온 마을을 대표하여 감사를 드립니다."

김 이장의 격한 감정을 누그러뜨리고 화해 분위기를 조성하기 위한 서두였다. 송 이방이 가볍게 고개 숙여 답례를 했다. 화해 분위기가 좀 살아났다.

김 이장이 다시 말을 덧붙였다.

"송 이방께서는 우리를 이해하고 있으니 기탄없이 말씀해 보십시오. 쾌히 수용해줄 것입니다. 그리고 꼭 해결해 주리라 믿습니다. 그리고 다들 이 기회에 터놓고 이야기를 하시기 바랍니다."

김 이장이 거듭 요청하자 자리를 같이한 전(前) 이장 역시 표정이 조금씩 밝아졌다. 청년 한 사람이 일어섰다.

"우리 청년들을 대표한 덕천 회장이 복안이 있으면 말해주기 바라며, 회장의 의견을 무조건 따를 용의가 있습니다."고 하며 '덕천'이에게 모든 것을 일임한다는 제안을 했다. 뒤에서 또 한 청년이 "좋습니다." 하고 큰 목소리로 제창했다. 다음에 동장 한 사람이 일어섰다.

"우리 마을 사람들도 법을 위반한 잘못을 저지른 죄는 인정합니다. 그러나 그 벌과금이 너무 엄청나기 때문에 도저히 감당하기 힘든 무거운 짐이라서 온 마을 사람들이 일어나서 상소를 하자고 연판장을 돌렸습니다. 그러나 송 이방께서 직접 오셔서 우리 편을 대변해주시니 감사합니다. 그러므로 우리도 좀 양보하여 해결방안을 마련해 나가는 것이 좋겠습니다."

이어 좌중은 덕천이가 좋은 안을 내놓기를 바라는 눈치였다. 뒤에서 어느 한 사람이 "덕천 회장! 좀 이야기해." 하며 독촉을 했다.

덕천이는 사람들이 말하는 사이에 복안을 생각하고 있었다. 그동안 침묵하던 덕천이가 일어서며 천천히 의견을 내놓았다.

"송 이방님께 고마운 말씀은 여러분들이 이미 하였기에 생략합니다." 하고 양해를 구하며 "조금 고심한 의견입니다." 하며 말을 이었다.

"앞에서 말한 동장님 이야기처럼 우리 마을 사람들이 고래 기름을 사용(私用)했기 때문에 발생한 위법 사건입니다. 그러므로 사용량에 대한 기름값은 마을 사람들이 마땅히 내놓아야 할 일이며 관에서도 일 보 양보하여 벌과금을 탕감해 준다면 무난히 해결될 것이라 생각됩니다."

"그리고 마을 사람들도 이번 일을 반성하여 다시는 위법 행위를 하지 말아야 할 것을 약속드려야 하겠습니다."

말을 조용히 듣고 있던 송 이방과 김 이장, 전(前) 이장 등 대표 인물들이 서로 얼굴을 쳐다보며 다시 한 번 화색으로 화답을 했다. 이렇게 하여 분위기가 호전되기 시작하자 덕천이가 이야기를 이어나갔다.

"그리고 앞에서 제시한 안이 결정된 회답이 올 때까지 상소 결행을 잠시 연기해 두는 것이 좋겠습니다."

덕천이 말이 끝나자 문제 해결의 기미를 포착한 김 이장이 결심한 듯 "옛 속담에 구슬이 서 말이라도 꿰어야 보배라고 했듯이 덕천 회장 안에 이의 없이 전원 합의된 안이 될 것이라 생각됩니다. 그러므로 우리 모두가 이 안을 가지고 일을 진행해 가기로 하고 송 이방께서도 최선을 다하여 이 안이 성사되도록 도와주시기 바랍니다." "목사님에게도 말씀드려 어려운 일이지만 우리 마을에 한번 행차하여 마을 사람들의 응어리진 아픈 마음을 달래주도록 하여 주기 바랍니다." 하였다.

"걱정 마십시오. 저의 온 역량을 다 발휘하여 이 일이 성사되도록 노력하겠습니다."

송 이방이 기다렸다는 듯이 흔쾌히 화답하자 장내는 꽉 막혔던 숨통이 트이는 듯했다. 커다란 고민이었던 일이 해결의 실마리가 보이자 마을 사람들은 한숨을 돌리며 박수를 쳤다. 다들 가벼운 마음으로 이장 집을 나섰다. 송 이방도 "다들 수고가 많았습니다." 하고 전(前) 이장과 김 이장, 덕천에게 다시 한 번 인사하고는 말에 몸을 실었다. 말꼬리가 먼지를 삼키고 말발굽 소리는 제주 목관 쪽으로 멀어져갔다.

대책
열 사흘째 날

　점차 풀리기 시작한 날씨가 봄기운을 제법 강하게 풍기기 시작한다. 오랜만에 햇살은 밝은 미소를 담고 구름 사이로 두어 줄기 지상으로 빛줄기를 내리고 있다.

　해결을 자신하며 큰 짐을 짊어지고 갔던 송 이방이 풀린 봄날씨를 업고 화급히 마을을 또 찾아왔다. 친분이 있는 전(前) 이장을 대동하여 김 이장 집으로 들어섰다. 오늘은 어느 때와 달리 맑은 표정을 하고 있는 송 이방은 해결을 자신할 만한 답을 가지고 온 듯 활기차 보였다.

　김 이장은 마을 중대사에는 동장과 청년 회장을 꼭 부른다. 송 이방이 "전(前) 이장과 잠시 담소하는 사이에 각 동장과 청년회장도 모이도록 했으면 좋겠다."고 하자 김 이장은 마침 자기의 의중을 읽고 있다고 고마워했다.

잠시 후 마을 소사(小使: 심부름하는 사람)로부터 연락받은 각 동장과 청년회장 덕천이가 모여들었다. 다들 인사를 주고받으며 자리에 앉았다. 방 안 분위기는 이전과 사뭇 다르게 밝았다.

제주목사로부터 두터운 신임을 받고 있는 송 이방은 가지온 보따리를 속히 풀어놓고 해결을 자신하듯이 말을 꺼냈다.

송 이방이 인사말은 생략한다고 하고 "여러분들 연일 고생이 많습니다." 하고 곧장 본론으로 들어갔다.

"이번에 마을에 부과된 벌과금에는 당초에 고래 기름값은 현장을 확인한 검시관의 보고에 근거하여 오만 량(五萬兩)으로 책정되었으며, 거기에 벌과금 오만 량이 더해져 십만 량(十萬兩)으로 부과되었었습니다. 이의 문제점에 대해 목관(牧官)에서는 며칠을 갑론을박하였지만 결론을 내리지 못하였습니다. 그러나 선정을 펴고 있는 목사께서 큰 관심과 마을 사람들의 간곡한 청원을 고려하여 앞으로 이와 같은 일이 재발하지 않겠다는 약속을 한다면 백 번 양보하며 벌과금 오만 량을 뺀 순수 기름 값만을 받기로 하자는 방침이 결정되었습니다. 이번 기회에 장인식 목사(張寅植 牧使)[14]께서 직접 마을을 방문하여 여러분들의 고충을 격의 없이 직접 듣고, 선정을 펴게 될 것이니 여러분들이 펼치게 될 상소 투쟁은 거둬주시길 바랍니다."

---

14. 장인식 목사(張寅植 牧使): 1848.3(현종 14년)~1850.6(철종 1년) 재임 중 선정(善政)으로 제주의 환곡(還穀) 반감과 수세전(水稅田)을 없앴다. 교학에는 삼성사(三聖祠) 승보당(乘寶堂)과 남학당(南學堂) 우학당(右學堂) 서학당(西學堂)을 복구했다는 선정비가 세워져 있음(제주도지. 제1권: 1009).

송 이방이 진지한 내용을 설명하고 해결의 실마리로 의견을 전달했다.

좌중은 한 가닥 희망 있는 배려라고 밝은 표정으로 받아들이는 분위기였다.

"송 이방께서 이 엄청난 일에 우리 입장에서 많은 걱정과 수고를 해주시는 데 거듭 감사하며, 특히 막중한 벌과금을 탕감해주는 일에 백방으로 도와주신 데 대해 리민을 대표하여 깊은 사의를 드립니다."

김 이장이 말을 한 뒤 다시 "감사하는 뜻을 담은 박수를 보냅시다." 하자 사람들이 장내가 터질 듯이 손뼉을 쳤다. 이처럼 고마운 뜻을 받은 송 이방이 "목사님의 방문 날짜는 모레로 정해졌습니다." 하고 미소 담은 안면으로 답례를 했다.

다시 김 이장은 말을 이어갔다.

"이러한 고마운 배려에 보답하기 위하여 마을 총회를 겸하여 열기로 합시다. 그리고 목사님께서 우리 마을을 처음 행차하여 선정을 베풀어 주시겠다고 하니 감사드리며, 많은 리민이 동원되도록 하여 주기 바랍니다. 우리도 다시는 이번과 같은 위법행위를 하지 않겠다는 약속도 해드립시다."

김 이장이 목소리를 높였다. 좌중은 송 이방이 가져온 대안과 김 이장의 말에 반론을 내놓지 않았다. 김 이장의 말에 동조하는 분위기가 일색인 가운데 이번엔 덕천이가 이 분위기에 손상이 가지 않을까 염려를 담아 한 마디 던졌다.

"송 이방께서 우리 마을을 도와주시는 일에 거듭 감사합니다." 하고 나서 "거금 오만 량을 단시일 내 마련하기는 쉽지 않다고 판단되니 납기일 연장이 가능한지 부탁드리고 싶습니다."고 하였다.

이에 자신의 능력 한계와 권한 밖의 일임을 감지한 송 이방이 잠시 고민하더니 덤덤한 표정으로 "당초 통보된 납기일에 변동은 없습니다."고 단정적으로 말하였다. "이 사건은 이미 결정이 끝났기 때문에 더 이상의 변경은 불가능합니다."고 하며 양해해 주기를 요청하였다. 혹시나 해빙의 분위기에 금이 가는 것을 우려한 나머지 "알겠습니다." 하고 덕천이와 마을 사람들이 받아들였다. 결론에 만족함을 흡족한 표정으로 매듭짓고 더 이상의 말을 꺼내지는 않았다.

잠시 장내는 "한시름 덜게 되었다."는 사람과 "걱정을 덜게 되었다."는 사람들이 말을 주고받으며 다들 송 이방에게 그동안의 많은 수고에 진심어린 경의를 표하는 데 인색하지 않았다.

송 이방도 "지금까지 김녕리 마을을 도우는 일도 많이 하였으나 이번 일만큼 큰 사건을 당하여 해결하기가 어려웠지만 그래도 무난히 성사되어 더 큰 보람을 느낀다." 하며 흡족해했다. "온 마을 사람들이 그동안 많은 고생을 하였으니 이제는 평온하기만을 바란다."고 위로의 뜻도 곁들였다. "다들 양다리를 쭉 펴고 단잠을 편히 자게 되었습니다."고 덕담을 던진 후 옛 친구인 전(前) 이장네 집에 가서 항상 주시던 감주 한 대접

마시고 귀청하겠다며 인사를 한 뒤 자리를 떴다.

　서산마루에 걸쳐 있는 빨간 햇덩이가 오늘따라 하늘을 곱게 물들이고 있었다.

목사
행차 준비

내일 있을 목사 행차 준비로 바쁜 날이었다. 일행이 탈 기마 (騎馬)며 수행 인원 확정 등 준비해야 할 것이 많았다. 장 목사 (張牧使)가 지방행차를 정기적으로 하는 편은 아니지만 필요에 따라 선정을 베푸는 차원에서 민원을 현장에서 처리해왔었다.

이번에도 고래사건으로 인해서 온 마을 사람들이 많은 고충을 겪고 있었고 마을 책임자가 옥살이도 했었다. 게다가 거액의 벌과금으로 겪게 될 고통에 대하여 온 마을이 떠들썩하다는 소식을 보고 받은 터였다. 더군다나 상소문 연판장까지 돌리고 있어 백성들의 원성이 하늘을 찌를 듯 최악의 지경에 놓이게 됐다는 송 이방의 보고를 받은 터에 선정에 금이 가는 일이라 판단되어 만사를 제쳐놓고 행차를 결행하게 된 것이다.

장 목사(張牧使)의 지시에 따라 마을의 어수선한 분위기를 고려하고, 민심에 위압을 피하려는 특단의 배려로 행차 수행에는 당연히 송 이방을 비롯한 소수의 수행원으로 구성했다. 마을 총회에 참석하기에 앞서 김녕사굴(金寧蛇窟: 뱀굴 '지방문화재')인 사적지를 탐방하기로 하였다. 혈기 완성했던 젊은 선비가 몸 바쳐 요괴구렁이를 퇴치한 숭고한 '목민정신'을 본받고자 부임 초부터 꼭 한번 참배하고 싶었던 참이었다. 이번 기회에 존경하는 서린 판관(徐憐 判官)의 선정송덕비(善政頌德碑)에 참배도 하고 마을로 들어갈 일정을 짜놓고 있었다.

송 이방이 짠 순방일정은 아침 출발을 진시(辰時: 아침 8시경)에 하면 기마로 사시(巳時: 오전 10시경)에 김녕사굴에 도착하게 된다. 참배 준비를 한 후 오시(午時: 12시경)에 참배하고 올렸던 제물로 간단한 음복(飮福)을 하여 점심을 때운 후, 오후 미시(未時: 오후 2시경)에 마을 총회에 참석하게 되는 행차 계획이었다.

제주목사가 내일 아침 일찍 출발하여 김녕사굴을 탐방하고 난 후 오후 미시(未時: 오후 2시경)쯤에 마을을 찾게 될 것이라고 미리 알고 있는 김 이장은 마을 공회당에 장소를 잡고 각 동장과 청년들에게 마을 사람 동원 계획을 지시하고 있었다.

우선 김 이장의 지시에 따라 환영인사를 하기로 하였다. 그리고 목사의 선정을 담은 방문 인사가 이어지고, 김 이장의 매듭 인사를 끝으로 목사 일행을 전송하는 간단한 일정을 짜놓았다. 기마로 움직이지만 겨울의 짧은 해를 감안하여 제주 목관으로 돌아가는 일정에 서둘러야 될 것임을 고려하였다.

목사
행차

겨울 구름 속에 숨어 있던 햇살이 따스한 아침을 여는 봄날이었다. 가만히 있어도 얼어 있던 모든 것이 풀릴 것만 같은 느낌이다. 겨우내 멀게만 느껴졌던 봄이 성큼 문 앞에 다가와 있었다.

따스한 봄볕을 받으며 장 목사(張牧使) 일행이 기마에 올라 기수를 동쪽으로 향했다. 출발한 지 한 시간 반을 넘게 달려 예정된 시간에 김녕사굴에 도착하였다. 송 이방의 치밀한 일정표와 일치하는 사시(巳時)였다.

도착하자마자 말에서 내린 일행은 우선 '서린 판관(徐燐 判官) 송덕비(頌德碑)'와 '사굴' 경내를 돌아보고 웅장한 굴 입구와 바닥의 하얀 모래와 마치 커다란 구렁이가 살아 꿈틀거리는 것처럼 구불구불한 용암유선의 반들반들한 비경을 관람하였다. 잠시 휴식을 취한 후 '송덕비' 앞에 모여 가져 온 제물을 송 이방이 차려 놓았다.

장 목사(張牧使)가 맨 앞의 초헌(첫 제관)자리에 서고, 일행은 그 다음에 도열하여 향을 피우고 잔을 올려 숭고한 목민정신에 머리 숙였다. 꽃다운 젊은 나이에 몸을 희생하여 선정을 베푼 고인의 영령에 묵념을 하고 난 후 제물을 내렸다. 그리고 오랜만에 봄볕 내려앉은 잔디밭에 모여앉아 음복을 겸한 점심을 들고 휴식을 가졌다.

마을 공회당[15] 마당에는 처음 방문하는 장 목사(張牧使) 일행을 맞이하기 위하여 마을 사람들이 몰려들었다. 혈기 왕성한 청장년들과 지팡이를 짚고 나온 노인들을 비롯하여 마을의 모든 사람들이 속속 모여들었다. 공회당 마당 입구에는 김 이장, 전(前) 이장, 각 동장, 청년회 덕천회장과 청년들이 목사일행을 맞이하기 위해 도열했다.

잠시 후 장 목사(張牧使) 일행이 탄 말들이 당도하자 장내는 조용해지고 도열해 있는 일행은 목사 앞으로 다가가 인사를 올렸다.

장 목사(張牧使)는 서민적인 분위기를 풍기는 선비였다. 자리에 가기 전 앞줄에 앉아있는 어르신과 박 할망 등 노인들에게 허리 굽혀 인사를 끝내자 김 이장은 장목사(張牧使)와 그 일행을 미리 마련해 놓은 자리로 안내했다.

---

15. 공회당(公會堂): 1546년 중종 35년에 제주목사 林亨秀가 부임하여 김녕 청사를 건립한 교육기관임. 향교청사인데 이후 폐청되어 김녕 청사와 公會堂 등으로 사용되었음(대지 약 500평 한옥 50평)

잠시 후 자리가 정돈되자 마을 대표 중심인물들도 맨 앞에 줄지어 앉았다.

김 이장이 일어서서 마을총회를 시작하였다.

"오늘 우리 마을에 처음으로 고장 원님이시며 귀한 손님인 제주목사님이 찾아오심을 하느님도 반가워하시는지 그렇게 혹독했던 겨울 날씨도 잠시 쉬고 이렇게 따뜻한 봄 날씨로 맞이 해주는 것 같습니다. 그리고 선정을 베풀고 계시는 장 목사(張牧使)님의 노고에 마을을 대표하여 진심으로 감사드립니다."

김 이장이 서두 인사를 관중 앞에 내놓자 장 목사는 자리에서 일어서서 가벼운 목례로 답하였다.

그리고 나서 '김 이장'은 계속해 말을 이어나갔다.

"마을 여러분들이 다 아시다시피 겨울이 들자마자 우리 마을에 매해 멸치 떼를 몰아다주는 반가운 손님인 대왕고래가 찾아왔습니다. 그런데 혹독한 겨울 설한풍에 갯바위로 떠밀려와 처참하게 죽음을 당하게 되었습니다. 이 사건으로 온 마을 사람들이 힘든 고통을 겪게 되었고, 관에도 많은 걱정을 끼치게 되면서 이러지도 저러지도 못하는 진퇴양난의 지경이 되고 말았습니다. 지금까지도 겨울 내내 풀리지 않고 있는 상황에 놓이게 되자 안타깝게 생각한 나머지 목사님께서 직접 마을을 찾아와 현장에서 고충을 해결해 주시는 선정을 베푸시려는 데 다시 한 번 고마운 인사를 드립니다."

김 이장의 말이 끝나자 또 한 번 장 목사(張牧使)가 이번에는 앉은 자세로 가볍게 고개를 숙여 인사를 했다.

그리고는 김 이장이 장 목사(張牧使)를 소개하였다.

"장 목사님을 앞으로 모시겠습니다."고 하자 장 목사(張牧使)가 자리에서 일어났다.

"김녕리민 여러분 안녕하십니까? 벌써 찾아와서 여러분들이 고충을 헤아려야 할 것인데, 죄송하게 생각합니다."

"가만히 앉아서 여러분들의 고충을 담은 상소를 받기만 할 수 없다고 판단되어 직접 현장에서 해결해 드리는 것이 성의가 될 것이라고 생각하여 늦게나마 이렇게 찾아뵙게 되었습니다." 하고, 이어 " 넓은 마음으로 이해해 주시기 바랍니다."

"오늘 일찍이 출발하여 여기 오기 전에 김녕사굴에 들러 젊은 선비로서 목민 선정을 베푸신 '서린(徐燐) 판관' 님의 송덕기념비에 참배하였습니다. 그리고 목숨 바쳐 선정하신 은덕에 대한 고마움을 기리고자 여러분 조상님들이 정성을 모아 세워주신 '선정송덕기념비'에 대하여도 크게 감명 받았습니다. 김녕리민 여러분 정말 감사합니다."

장 목사가 잠시 말을 멈추자 마을 사람들의 답례 박수가 쏟아졌다. 잠시 숨을 고르고 난 장 목사가 다시 말을 이었다.

"이번 일을 촉발시킨 원인을 생각해보니 법은 멀리 있고 깜깜한 밤을 훤히 밝힐 기름은 가까이에 있는데 어느 누구나 손대지 않을 사람이 있겠습니까? 이해하고 남을 일입니다." 하고 위로의 말을 내놓으며 "저도 고향에 노부모님이 계셔서 어려운 실정을 다 알고 있습니다."고 말을 보태었다.

"오늘 여러분 앞에서 불편 사항을 꼭 해결해 드리고자 하니 이 기회에 그동안의 고통을 이만 내려놓으시고 앞으로 닥칠 춘궁기에 어려운 생업에만 전념하기 바랍니다."

마을사람들이 일제히 "감사합니다." 하며 박수를 쳤다.

"여러분의 어려운 형편을 고려하면 한 푼도 받지 않아야 하겠으나, 법은 만인에 평등해야 법의 존엄을 가지게 된다는 점을 헤아려 어렵지만 벌과금을 뺀 순수하게 여러분들이 사용한 기름 값만은 부담하여 주시기 바랍니다. 부탁드립니다."

장 목사가 겸손하게 관의 사정을 설명하자 또 일제히 감사의 박수가 터졌다. 이렇게 하여 그동안 원성으로 가득했던 고래사건은 관과 김녕 마을과의 감정의 골이 매워지면서 해결이 되었다.

장 목사는 잠시 숨을 고르고 나서 차분히 이야기를 풀었다.

"김녕리는 후덕하고 복 받는 마을입니다. 그리고 '박 효자'를 비롯한 여러 효자들을 배출한 효자마을이라고 알고 있습니다. 옛날부터 효자마을은 복 받는다고 합니다."

"'서린 판관'도 이 마을을 도왔고 스스로 돕는 자를 하늘도 도울 것입니다. 여러분들 희망을 절대 잃지 마시기 바랍니다. 봄은 필연코 옵니다."

"그렇게 온 마을을 떠들썩하게 만들었던 '고래' 사건을 추운 겨울과 함께 액땜으로 떠나보내면, 새봄에 오는 고래가 다시 멸치 떼를 몰고 와 이 마을에 풍어장을 만들어 줄 것입니다. 그리고 지난겨울에 겪었던 많은 고통을 말끔히 씻겨낼 것이라 확신합니다." 하고 톤을 높여 "힘을 내십시오." 하고 크게 소리내어 말했다. 장 목사의 열변에 마을 사람들은 일제히 우렁찬 박수소리를 보냈다.

이어 김 이장이 "목사님, 감사합니다." 하고 "온 마을 사람들이 오늘 목사님이 어렵게 행차하여 큰 선물을 주신 데 한없이 감사하고 있습니다." 하고 목례를 올렸다. 그 후 김 이장은 잠시 마을 사람들을 향하여 목소리를 높였다.

"여러분들 다들 일어서서 이 고마움에 감사하고 앞으로도 많은 선정을 베풀어 더욱더 큰 영광이 있게 하는 큰 박수를 보냅시다."

"원님 감사합니다." 하는 합창 소리가 회의장을 넘어 온 마을로 메아리가 되어 퍼져 나갔다.

그 와중에 전(前) 이장은 송 이방 앞으로 다가서서 손을 잡으며 말했다.

"정말 수고 많이 했습니다. 이번 일이 성사된 것은 송 이방 덕이라는 걸 온 마을 사람들이 다 알고 고마워하고 있습니다."

뒤에서 박 할망도 나와 송 이방에게 "정말 고맙습니다."를 연발했다.

그렇게 하여 민정의 현장을 방문하여 사태를 수습한 장 목사와 그 일행은 김 이장을 비롯한 온 마을 사람들을 향하여 오른손을 번쩍 들어 올렸다.

"여러분들 안녕히 계십시오! 수고 많이 하였습니다."는 말을 끝으로 장 목사는 귀임 시간을 감안하여 송 이방이 끌어온 기마 위에 몸을 실었다.

하루의 일을 마친 힘 잃은 해가 석양의 찬바람을 잠재우며, 포근한 서해에 무거운 몸을 담그려고 몸체를 살며시 내려놓고 있었다.

대책
열여섯째 날

아침부터 하늘에 두텁게 깔린 구름 사이로 태양빛이 물줄기처럼 가늘게 한라산 능선에 쏟아져 내리고 있었다.

어제 목사의 행차를 무사히 치러낸 터라 김 이장도 지난밤은 모처럼 깊은 잠을 자고 일어났다. 이제 남은 일은 아무리 머리를 짜내도 해결의 실마리를 찾기가 쉽지 않았다. 벌과금 해당액 5만 량을 뺀 나머지 마을의 몫 5만 량도 거액이라 과연 어떻게 마련해야 할지, 난제가 아닐 수 없었다. 이 무거운 짐을 어떻게 하면 벗어놓을지 해답을 찾을 요량으로 덕천이를 찾아 나섰다.

덕천이도 김 이장과 같이 이심전심이었다. 덕천이는 항상 어려운 일이 생길 때마다 어머니 박 할망에게 가서 해답을 찾곤 했다. 김 이장은 5만 량이란 거액을 마련하는 일도 문제이지만 보름 사이에 어떻게 마련하느냐가 더 걱정이었다. 덕천이도 그렇지 않아도 어머니 집에 가보려고 하고 있던 참이었다.

김 이장과 덕천이 두 사람은 이른 아침부터 박 할망 집을 찾았다. 박 할망은 김 이장과 아들 덕천이에게 따뜻한 아랫목에 자리를 내 주었다. 자리에 앉자마자 김 이장은 지금까지 대략의 경과를 설명했다.

"우리 마을이 책임질 5만 량은 당초 납부 기일 내에 완납해야 됩니다."

"거금인 5만 량을 단시일 내 마련해야 하는 문제에 대한 출구가 전혀 안 보입니다."

김 이장은 박 할망이 지혜를 내놓아 주기를 기대하는 눈치였다.

박 할망은 두 사람의 말을 다 듣고 나서는 "이번에 납부할 고래 기름 대금은 마을 사람들이 사용한 몫이기 때문에 그 대가를 치른다는 것은 당연한 일이라는 데는 이견이 없습니다. 하지만 그 많은 거금을 마을 사람들로부터 단시일 내 거둬들이기는 절대 불가능하다고 판단됩니다."고 말을 하고는 잠시 말문을 닫고 난 후 다시 한 가닥 미련을 남기는 이야기를 했다.

"이런 큰일은 한 발짝 물러서서 며칠의 시간을 두고 생각해야 좋은 발상이 떠오른다."며 앞으로 며칠의 여유가 있으니 여러 사람들의 의견도 수렴하면서 좀 기다려보면 출구가 보일 것이라고 하였다. "혹시 좋은 안이 나온다 해도 마을 총회에서 받아들여야 한다."는 말을 덧붙였다.

이렇게 하여 박 할망의 노파심 가득한 이야기를 다 듣고 두 사람은 한 발 물러서며 '급할수록 돌아서 가라'는 말을 되새기며 집으로 무거운 발걸음을 옮겼다.

이른 아침부터 하늘 가득 드리운 먹구름은 두 사람의 발걸음을 더욱 무겁게 하고 있었다. 늦겨울 하늘은 곧 눈이라도 쏟아낼 것 같았다.

이날 역시 각 동장들은 김 이장 집에 한 사람 두 사람 모이기 시작했다. 모인 각 동장들도 마을 사람들이 책임질 5만 량의 돈을 어떻게 마련해야 할지 걱정이 되어 찾아온 것이었다. 다 모인 좌중에서 누구 하나 뾰족한 안을 갖고 온 사람은 아무도 없었다. 그저 가시방석에 앉은 격이었다.

다들 "걱정이네" "걱정이다." 각 동장들도 서로 좋은 안을 내놓기만을 기다리는 눈치였다. 그러나 김 이장은 박 할망의 조언에 따라 여러 사람으로부터 좋은 안을 찾아내 보자는 심사였으나 허탕이 되고 말았다.

덕천이의
발상

　김 이장은 집에 모인 각 동장들과 이 기회에 머리도 식힐 겸 마을 농장 겨울 논갈이 작업할 일을 의논하기로 하였다.

　"요즘 날씨가 좀 풀려가는 해빙기 계절이 다가오고 있으니 농한기에 마을 사람들을 동원하여 마을 농장에 배수로 정비를 해두는 것이 좋겠다."고 하자 동장들이 이구동성으로 "우리도 머리를 잠시 식힐 겸하여 이 기회에 작업을 해두는 것이 좋겠습니다." 하고 "겨울 농한기에 해야 합니다." 하고 말했다.

　내일부터 이틀간에 걸쳐 반반씩 맡아 배수로 정비할 일에 의견을 모았다.

　풀린 날씨에 내일부터 동서 동 4개동씩 동원하기로 했다.

　마을 농장은 해발 150미터(표고 84.5미터)의 나지막한 오름(峰)이다. 오름 둘레는 송림이 울창하게 둘러 있고 안에는 2만여 평이 푹 패인 산금부리 분화구이고, 마치 삿갓을 뒤집어 놓은 것처럼 보여 입산봉(笠山峰: 일명 삿갓오름)이라 불리며 토질은 퇴적토로 되어 있는 조상 대대로 내려온 마을 농장이었다.

정상에는 조선시대 봉수대(10名 주둔)가 있어 일반인 출입을 금(禁)하여 일명 금산(禁山)이라 하였다. 또한 망을 보는 오름이라 하여 망(望)오름, 밭을 갈지 말라 하여 금경산(禁耕山)이라 하였고, 여승이 춤추는 형체라 하여 이무봉(尼舞峰), 문필가를 배출하는 기세라 하여 문장봉(文章峰)이라고도 하였다. 그리고 입산 상유 연지수(笠山上有蓮池水)는 문장수(文章水: 문필가의 기운 수), 금훼수(禁毁水: 물을 헐지 말라는 의미)라고도 하였다. 그리고 이곳에는 2천 년 전 청동기 철기선사시대 옛사람들이 농사짓고 살던 곳으로 학계에서 탐사되었다(2개의 돌괭이와 수 개의 무문토기 농구가 발견되었다. 제민일보 1990.8.17.).

연속되는 마을 농장 배수로 작업에는 각 동마다 책임구역별로 정한 작업이 진행되었다. 작업은 새벽 일찍부터 시작되었다.

잠 깨어 배고픈 새들이 허기진 울음소리를 내며 온 농장 안을 휘젓고 다녔다. 그리고 인기척에 놀라 도망치기 바쁜 새들이며, 잠 깬 백로 몇 마리가 논물에 비친 자기 몸을 물끄러미 쳐다보며 고인 논물에 긴 다리를 내리고, 송곳 주둥이를 펄에 박고 있다가 놀라 날갯짓하며 정처 없이 딴 곳을 향해 날아갔다. 다른 겨울 철새들도 새끼들에게 열심히 먹이 잡는 법을 가르쳐주다 말고 새끼를 거느리고 화들짝 비상한다. 사람과 친근함을 자신한 까마귀들만이 여기저기서 먹이를 주워 먹느라 도망갈 생각도 잊은 채 껑충껑충 뛰어 다닌다.

각 동마다 연달아 이틀 동안 계속된 힘든 작업은 정오를 넘겨서야 끝나고 사람들은 집으로 각자 돌아갔다. 덕천이는 집으로 돌아가는 길에 어머니 집으로 발길을 돌려 잠시 뵙고 몸도 풀고 갈 생각이었다.

박 할망은 삽자루를 어깨에 메고 들어오는 덕천이에게 "오늘 힘든 '마을 농장' 배수로 작업을 하느라 수고 많이 했다."고 했다. 아들에게 무심코 내놓는 말이 덕천이 귓가에 머무는 순간 전광석화(電光石火)처럼 영감이 떠올랐다.

"마을농장!" "마을농장!"

같은 말을 몇 번씩 곱씹었다. 박 할망이 들고 온 감주 한 대접을 단숨에 들어 마시고 나니 젊은 혈기를 분출시키며 '개가 수풀에 꿩 내치듯' 입속에 담고 있던 속내 말을 분출해 냈다. '지금까지 인간이 넘지 못할 산은 없다고 했다.' 앞에 태산 같은 많은 어려움도 지금껏 잘 넘겨 냈듯이 이겨내지 못할 이유가 없겠다는 생각으로 덕천이는 마음을 단단히 굳혔다.

"지금 온 마을의 걱정거리인 5만 량을 마련해야 하는데 앞으로 십여 일밖에 남지 않은 기일 내에 마련하기란 도저히 불가능하며 보릿고개 춘궁기가 코앞에 닥쳐있고 이러한 마을 사정으로는 앞으로 10년이 걸려도 어렵게만 보입니다." 하였다.

"그럴 바에는 볍씨 뿌리고 하늘에서 비 내리기만 기다리는 천수답(天水畓)인 마을 농장을 이런 기회에 팔아서라도 5만 량 자금을 마련하는 것이 어떻습니까?" 하며 어머니에게 의견을 피력하였다.

아들의 말을 듣고 난 박 할망은 '이제 봄이 오는 소리가 갯바위에 와 닿고 있는데 힘내자, 멀지 않아 우리를 곤경에 몰던 매섭고 혹독하기만 했던 겨울도 가고 이젠 멀지 않아 포근하고 따뜻한 봄이 올 차례다.' 하며

"참으로 좋은 발상이다. 신기루가 보이는 것 같다."

박 할망은 아들의 의견에 힘을 보탰다. 이어 박 할망은

"마을 농장이 있는 입산봉 정상에는 봉수대가 있어 법으로 입산이 금지되어 농사철 때마다 허가를 받아야 하는 어려움이 있고, 비가 오지 않는 경우는 농사를 못 짓는 천수답이므로 이번 기회에 팔아서 어려운 고비를 넘기는 일이 마을을 위하여 현명한 방법이 될 것이다. 다들 같이 농장에 가서 작업을 하였는데 어찌 너에게서만 훌륭한 발상이 나왔는지." 하고 "내일쯤이면 이 일에 대한 대책 회의가 있을 터인데 '덕천'이가 이 안을 내놓아 채택되었으면 좋겠다."고 했다.

덕천이는 "어머니도 회의에 참석해 말을 보태 달라."고 부탁했다.

"모이게 되면 알려라, 가서 좋은 결실을 맺도록 하자." 박 할

망이 기쁘게 대답했다.

덕천이는 해결의 실마리가 보일 것 같은 희망으로 하루의 작업 피로를 말끔히 씻고 어머니 집을 가벼운 발걸음으로 나섰다.

지난밤 꿈에 찬란하게 장식된 용궁에서 벗들과 다정히 놀고 있는 덕천이의 아버지 꿈을 꾸고 오늘은 좋은 일이 있을 것만 같은 예감을 갖고 있던 박 할망은 '땅속에 묻혀 얼굴을 내미는 금괴도 보이는 능력을 가진 사람에게만 보인다.'고 했는데 아들의 찾아낸 지혜가 자랑스럽고 대견하였다.

해결의
실마리

시간이 다가오다가 멈추었으면! 하는 생각을 하는 김 이장은 벌금 부과일은 다가오고, 대책없는 시간이 하루 이틀 뜬구름처럼 소리 없이 지나가자 마음이 다급해졌다. 하루 속히 동장과 청년회장을 소집하여 5만 량을 마련하는 대책을 도출하고, 마을 총회를 열어 종결짓는 데 총력을 해야 되겠다고 마음을 굳혀 놓고는 연락을 하였다.

각 동장과 덕천 회장은 이미 예정된 모임이기 때문에 연락받자마자 신속히 모여들었다. 이어 대책 회의가 시작되었다.

동장 한 사람이 제안하였다. "오늘은 가장 중요한 대책 회의가 될 것 같으니까 전(前) 이장과 박 할망 그리고 어르신도 몇 분 모셔 자문을 얻도록 하는 것이 어떻습니까?" 하고 첫말을 내놓자 김 이장은 "내가 먼저 할 말을 내놓으니 고맙다."며

"그렇게 하자."고 한 다음 마을 소사에 연락하도록 했다.

잠시 후 박 할망이 먼저 들어서고 곧이어 전(前) 이장과 어르신들도 도착했다. 다들 일어서며 안 자리로 모시고 김 이장이 먼저 "오시느라 수고하셨습니다." 하고 인사하자 '별말씀 우리 마을 일인데 다 같이 걱정해야 할 일'이라고 하며 자리에 앉았다.

김 이장이 무거운 표정으로 입을 열었다.

"오늘 전(前) 이장님과 박 할망 그리고 몇 분의 어르신을 모시고 우리 앞에 태산처럼 버티고 있는 중대한 마을 일을 의논하고자 합니다. 좋은 의견을 내놔주시기 바랍니다."

다들 말문을 무겁게 닫은 채 섣불리 입을 여는 사람이 없었다. 다들 무거운 짐에 눌려 말할 기력을 잃어갔다. 그렇게 시간이 흘러가는가 했더니 한 동장이 오랜만에 입을 열고 숨 막힌 방 안의 적막을 깼다.

"납기일인 이달 말까지 5만 량 거금을 마련하기는 도저히 불가능합니다. 앞으로 곧 춘궁기인 보릿고개가 닥치고 집집마다 하루하루 살아가기가 힘겨운데 어떻게 그 많은 거금을 장만합니까? 그러니 관에 한 번 더 청원하여 납기일을 몇 년 연장해 달라고 하는 게 어떻겠습니까?"라고 했다.

그러나 동장이 내놓은 제안으로 관에 청원을 추진하기엔 최선책이 아님을 알기에 김 이장은 난색을 표했다. 관에서 배려해 준 고마움에 더 이상 요청할 용기가 없었다. "좀 더 생각해

보자." 하며 다시 다른 차선책을 나오길 기다렸다. 다시 방 안이 정숙해졌다.

덕천이가 생각해 두었던 이야기를 조심스럽게 내놓았다. 다들 덕천이의 입으로 시선이 집중됐다. 박 할망은 눈을 살며시 감고 아들의 말을 조심스럽게 기다렸다.

"어제 마을 농장에서 배수로 작업을 하면서 얻은 발상인데." 하고 서두를 꺼내고는 주변을 둘러보며 잠시 말을 멈췄다.

"우리가 매해 배수를 파내고 작업을 해봤자 하늘에서 비를 내려주지 않으면 농사를 짓지 못하는 지경이고, 봉수대가 있어 자유로운 출입이 금지되어 있어서 농사에 지장이 있음을 다 알 겁니다. 마을 조상 대대로 내려온 소중한 마을 재산이라 애석하지만 이번 기회에 팔아 자금마련을 하는 것이 좋겠습니다."

말이 끝나자마자 좌중은 덕천이가 내놓는 발상에 웅성대기 시작했다. 어느 한쪽에서는 청년회장다운 발상이라고 수군대기 시작하자 전(前) 이장이 가만히 있다가 입을 열었다.

"아까 제안한 덕천 회장 안에 동감입니다." 하고는

"지금에 와서 납기일을 몇 년 더 연장해달라고 청원하기에도 민망스러운 일이며, 이삼 년을 더 연장한다고 해도 그 막대한 거금을 채울 방법도 없으니 하루 속히 우리 마을에 닥친 액재를 청산하는 것이 속 편할 일이고, 온 마을 사람들이 안심하고 평온한 일상생활을 해갈 수 있게 하루 속히 농장을 사줄 재력가를 찾아보는 수밖에 없다고 생각됩니다."

전(前) 이장까지 덕천의 제안을 적극 지원하는 발언을 했다.

그러자 조용히 경청만 하던 어르신 한 분이 정색한 표정으로 입을 열었다.

"방금 말한 덕천이의 제안도 일리가 있지만 '입산봉 마을 농장'은 태곳적 부터 조상들로부터 물려받아 수백 년을 대대로 내려오는 생명의 땅인데 지금 형편이 어렵다고 팔아버리면 절대 안 된다고 생각한다."고 못을 박듯 강력한 어조로 반대했다.

"그리고 조상에 대한 불효의 행위도 되는 짓임으로 내 나이다 늙어 생명이 얼마 남지 않았지만 목숨을 걸고 적극 반대한다. 딴 방법을 찾아봐야지 쉬운 길만 가겠다고 하면 안 된다."

노기(怒氣) 띤 완강한 말에 아무도 선뜻 나서서 말을 하는 이가 없었다. 다들 이 말도 옳고, 저 말을 들어도 옳게만 들린다고 생각하는 것 같았다.

그러나 분명한 것은 다른 대안이 안 나온다는데 문제가 있었다. 서로 입만 열기를 쳐다보는 것이 구름이 잔뜩 낀 한라산을 바라보며 날씨가 풀리기만을 바라는 것처럼 하고 있다.

참다못한 젊은 동장 한 사람의 불같은 혈기가 입을 열게 했다.

"처음 내놓은 덕천 회장의 안이나 다음에 내놓는 어르신의 안이 모두 옳은 말이라 생각됩니다. 그러나 단 한 가지 문제는 5만 량이 되는 거액의 납기일이 며칠 안 남았는데 해결의 실마리가 보이지 않는다는 것이며 어찌하는 것이 좋겠습니까?"

"저번처럼 마을 전 책임자들이 모여서 관에 옥살이를 자청하는 것이 좋겠습니까? 그렇지 않으면 좋은 대안을 내놓으시던지? 그러나 조상으로부터 물려받은 땅이라도 있으니까 천만다행이며, 자손들의 옥살이를 막고 하루를 살아도 편히 살게 하는 방법도 나쁘지 않습니다. 재산보다 사람이 우선이니 묘안이 될 것입니다."

비장한 그의 말은 계속 이어졌다.

"현재 농장은 비가 오지 않으면 가뭄 때문에 농사를 짓지 못하는 이미 생명력을 상실한 황무지와 같은데 열매 없는 꽃만 쳐다보며 살 것입니까? 이참에 마을에 닥친 난국을 막아내는데 이용하는 것도 현명한 방법이 될 수 있는 기회라고 믿고 싶습니다. 이 난국을 헤쳐나가기 위해 속히 팔아서 후손들이 하루라도 편히 살 수 있다면 조상님들도 이해해 주실 것입니다. 어르신 마음이 괴로우시겠지만 큰 양보만이 우리 마을 살리는 길입니다."

완고한 김씨 어르신도 말을 다 듣고 나서는 즉시 뒤따라 응답에 나섰다.

"젊은이의 말도 들어보니 옳은 것 같고 그러면 내가 좀 전에 한 말은 취소하기로 하되 한 가지 전제가 꼭 있어야 한다."고 하며 "마을 총회를 열고 덕천의 안을 가지고 승인을 받을 것을 약속하라."고 했다.

그러자 김 이장이 "꼭 그렇게 승인받아 내도록 하겠습니다." 고 신속하게 화답하자 좌중은 막혔던 속이 뚫린 듯 얼굴색이 밝아졌다.

조용히 말없던 박 할망이 차례를 기다렸다는 듯 아들의 제안에 전 이장이 보탠 말에 한마디 더 얹었다.

"아무래도 이 일을 해결하려면 농장을 살 재력가를 찾아야 하는데 전(前) 이장이 친분이 두터운 송 이방에게 부탁한다면 이번 일이 쉽게 해결될 것 같으니 전(前) 이장이 다시 수고해 주었으면 합니다."

박 할망의 말을 들은 전(前) 이장이 "그렇게 하겠습니다." 하고 단번에 속 시원한 대답을 했다.

오랜만에 순풍에 돛단배처럼 한 치 앞도 내다보지 못하게 꽉 막혔던 어려운 일이 순조롭게 풀려나가게 되자 김 이장이 지금껏 굳어 있던 표정을 펴며 화색을 그득히 담아 "감사합니다." "감사합니다."를 연발했다.

"다들 박수를 보내 드립시다." 하는 말이 여기저기에서 터져 나왔다. 방 안은 박수소리로 가득했다.

박 할망은 이제 한숨 돌리고 이번에는 틀림없는 길조가 오는 기회라고 속마음을 달래고 있었다. 마을사람들도 늦겨울 날씨에도 불구하고 다들 가볍게 마음을 풀고 엷은 미소를 입가에 머금고 집으로 향했다.

마을총회

　마을총회가 열렸다. 풀린 날씨 덕에 회의장에는 많은 마을 사람들이 모였다. 김 이장은 좌중을 향해 서두를 꺼냈다.

　"엄동의 오랜 겨울 날씨도 이제는 풀려가고 그간 우리 마을에 불어닥친 액운도 밀어낼 때가 된 것 같습니다. 오늘 여러분들의 현명한 판단만이 해결의 열쇠가 될 것이 틀림없습니다."

　"여러분들이 이미 다 아시는 내용은 생략하고 '관'에서는 우리의 청원을 받아 백 보 양보하여 벌과금을 뺀 상납액을 5만 량으로 정했는데, 이것은 순수하게 우리 마을 사람들이 사용(私用)한 고래 기름 값이기 때문에 책임지고 납부해야 할 금액입니다. 그리고 납기일은 당초에 결정된 한 달 기한으로 되었는데 앞으로 며칠 내에 이 많은 거금을 마련하기란 도저히 불가능하며 납기일을 몇 년 더 연장해 달라고 청원하기도 민망스러운 처지여서 진퇴양난이 되어 해결의 출구가 보이지 않습니다.”

“그래서 이 문제를 풀어낼 방안이 오늘 여러분들이 해결해야 할 중대한 안건이 됩니다.”고 하며 한숨을 돌리며 일단 말을 멈추었다.

김 이장의 말을 듣고 난 회의장 안은 개구리가 우는 연못에 돌 던진 듯 다들 숨죽이고 조용했다.

잠시 후 전(前) 이장이 한마디 했다.

“그저께 동장들하고 머리 맞대고 방안을 생각했으나 혹시 다른 좋은 방안이 있으면 누구든지 편하게 말씀해 주시면 좋겠습니다.” 가만히 앉아서 전(前) 이장의 말을 듣던 젊은 동장 한 사람이 말을 꺼냈다.

“그제 동장들이 모여 일차 합의된 방안이 있는데 우리 마을 청년들로부터 존경 받는 덕천 회장이 제시해 놓은 안(案)밖에는 더 이상 좋은 안을 찾지 못할 것입니다.”라고 말을 끝내자 옆에 있던 청년 한 사람이 그러면 “덕천 회장으로 하여금 제시된 안을 직접 들어보고 결정 짓는 것이 좋겠습니다.”라며 덕천이를 일으켜 세웠다. 다들 “그렇게 하는 것이 좋습니다.” 하고 독촉했다.

덕천이가 안에 대하여 설명하기 시작하였다.

“여러분들이 방금 김 이장으로부터 듣고 다 아시다시피 당초 부과된 벌과금을 뺀 나머지 우리가 책임져야 하는 상납금 납기일이 며칠밖에 남지 않았습니다. 이 많은 거금이 하늘에서 떨어지거나 땅에서 솟아날 수도 없는 일이고, 돈은 마련할 방법도 없고 그렇다고 속수무책으로 앉아만 있을 수도 없습니다. 이러한 막다른 골목길 진퇴양난의 궁지에 놓였는데 여러분들! 어떻게 하면 되겠습니까?" 하고 되묻고는

"이렇게 막다른 골목에서는 실낱 같은 것에도 희망을 걸 수밖에 없습니다. 여러분들이 다 아시다시피 우리 마을에는 조상 대대로 물려 내려오는 마을 농장이 있습니다. 하지만 비가 오지 않으면 농사를 짓지 못하는 천수답(天水畓)이거니와 봉수대로 인하여 자유롭게 드나들지도 못합니다. 이 기회에 애석하지만 팔아서 상납금을 마련하는 방법밖에 없으며 또다시 죄없는 마을 책임자들을 옥살이 시키지는 말아야 합니다." 하고 나서 "현명한 조상님들도 후손들의 고통을 덜어내는 데 큰 도움이 된다면 너그럽게 이해하여 줄 것이라 믿습니다." 하고 의미심장하게 작심한 듯 말을 마쳤다.

덕천이의 말을 다 들은 장내 모든 사람들은 더 이상의 대안이 없음을 수용하고 있었다. 잠시 후 '김 이장'이 장내를 안정시키기 위해 한 마디 말을 하였다.

"그제 모인 책임자 연석회의에서 어느 어르신 말씀으로 마을 설립 이래 조상 대대로 내려오는 마을 공동 재산이므로 절대 팔아서는 안 된다고 하며 조상에 불효하는 일이라고 강력한 항의도 있었습니다. 하지만 이처럼 어려운 곤경에 처해 있

을 때 불효라는 명분에 얽매이지 말고 용단을 내리는 지혜가
필요합니다."

청중들은 더 이상 설명이 필요하지 않았다. 마음속으로는
더 이상의 대안이 없음을 알고 있었다.

기다렸다는 듯이 김 이장이 자리에서 일어나 질문을 던졌다.

"여러분! 방금 덕천이 회장이 내놓은 제안을 듣고 어떻게 생각
합니까?"

사람들은 덕천이의 제안에 적극 찬성을 보내면서 그렇지 않
아도 비가 내리지 않으면 농사도 못 짓고 있는데 하루 속히 팔
아서 마을에 덮친 먹구름을 말끔히 벗겨 버리자고들 했다.

"덕천이 회장 안대로 해결해야 합니다."

"더 이상의 상책이 없습니다."

여기저기에서 찬성하는 목소리가 봄 장마에 대 죽순 자라듯
뻗어나갔다.

김 이장이 마무리에 나섰다.

"그러면 여러분들의 의견이 모아진 것으로 판단하여, 만장
일치로 덕천이의 제안으로 채택하겠습니다."

김 이장은 회의 결과에 만족하여 "우리 마을에 하루속히 평화
가 찾아와 살기 좋은 고장으로 탈바꿈하기를 빕니다." 하며 "오
늘 여러분들이 지혜롭게 좋은 결과를 만들어 주신 데 대해 감사
드리며 회의를 이만 끝내겠습니다." 하고 폐회를 선언했다.

김 이장은 비장하게 선언하고는 하루 속히 팔아서 상납금을
속히 갚도록 최선을 다하겠다고 다짐을 했다.

마을 농장
매수자 찾기

봄을 재촉하는 따뜻한 아침 날씨가 하늘에 가볍게 낀 엷은 회색빛 구름 사이로 봄 소식을 실어오고 있었다.

전(前) 이장은 어제 마을 총회에서 마을 농장을 팔기로 하는 좋은 결정을 보고 한시도 지체할 여유가 없다고 판단하였다. 서둘러 관에 가서 송 이방을 만날 채비를 하고 김 이장 집으로 갔다. 김 이장은 전(前) 이장을 반갑게 맞았다.

"선배 이장께서 헌신적으로 수고를 해주시니 이번에는 좋은 결실이 될 것 같은 예감이 듭니다."

"속히 다녀오겠다."

전(前) 이장도 이 일이 자기 역량에 달려 있음을 통감하고 있었다. 매입자를 찾기 위해 아침부터 송 이방을 만나러 갔다.

김 이장은 전(前) 이장을 배웅하고는 어제 마을 총회에서 큰 몫을 한 덕천이에게 가서 수고했다는 말이라도 건네야겠다고 생각했다.

박 할망도 어제 덕천이가 내놓은 제안에 전원 찬성을 보내주는 성과를 얻어낸 것에 흡족한 나머지 아침부터 아들을 찾아 격려를 해주고 싶었다. 이렇게 하여 김 이장은 아침부터 코끝에 머문 새벽 찬 바람을 거둬내며 이심전심하여 덕천이 집에서 박 할망을 만나자 마자 "퇴로가 보이지 않던 험로에 물꼬를 트는데 큰 공(功)을 세웠으니 이 공은 모두 박 할망과 덕천이에게 있습니다." 하고 말했다.

누구보다도 마을 일에 앞장서며 헌신적으로 봉사하는 덕천이의 노력과 지혜가 어머니인 박 할망으로부터 이어받은 것으로 모전자전(母伝子伝)이라고 생각했다. 김 이장은 훌륭한 어머니의 하해(河海) 같은 사랑이 있어 가능하다고 생각하고 박 할망에게 더 큰 공을 돌렸다.

항상 존경하는 김 이장과 어머니의 격려를 받은 덕천이는 잠시 상념에 잠겼다. 하늘을 날아다니는 새도 땅이 없으면 살수가 없듯이 사람도 어머니의 사랑이 없으면 제대로 성장하기 어렵다고 생각하며, 홀로 외롭게 살고 계시는 어머니에 대한 효심을 마음 속 깊이 되새겼다.

어느새 보슬비가 숨죽여 내리고 있었다. 계절의 흐름은 어김없이 봄을 부르고 있었다.

일이 잘 풀릴 때는 하늘도 돕는다. 날씨도 풀리고 막혔던 어려운 일도 풀렸다. 모든 일이 줄줄이 몰아서 풀릴 것이라고 생각하자, 목관을 찾아가는 전(前) 이장의 발걸음이 한결 가볍기만 했다. 전 이장은 송 이방을 만나 자초지종을 이야기했다.

"애석하지만 조상 대대로 내려오는 이만여 평이 되는 마을 땅을 팔아서 고래기름 상납자금을 마련하는 것이 마을 총회에서 결의되었습니다." "이 막대한 거금을 마련하는 방법은 이것밖에 없으므로 납기일을 지키려면 빠른 시일 내 매입할 사람을 찾아주시길 간곡히 부탁드립니다."

김녕 마을의 절박한 사정을 이미 감지하고 있는 송 이방이었다. 송 이방은 방관할 수 없었다.

"며칠을 기다리면 살 사람을 찾아 해결해 드리겠네." 송 이방의 대답에 전(前) 이장은 한시름 놓았다. 항상 관에 어려운 일이 생길 때마다 송 이방에게 신세를 지며 살아온 전(前) 이장은 오늘도 부탁을 쾌히 받아 주자 너무나 고마울 뿐이었다. 그저 "감사합니다." "감사합니다."를 연발할 따름이었다. 전 이장은 송 이방에게 고개 숙여 감사 인사를 하고 목관을 떠났다.

전 이장이 집에 도착할 때는 이미 늦겨울 해가 서산에 내려앉고 있었다. 우선 결과를 김 이장에게 전하고 싶은 충동으로 김 이장 집으로 발길을 돌렸다. 급한 마음에 집 문안을 들어서며 평상시보다 큰 목소리로 힘을 실어 김 이장을 불렀다.

"김 이장 안에 계신가? 지금 막 다녀왔네."

김 이장은 전(前) 이장의 맑은 표정을 보고 일이 잘 풀렸나 보다 하는 기대를 했다. 김 이장이 반갑게 전(前) 이장을 방 안으로 모셨다. 그리고는 부인에게 감주 한 상을 속히 차려오라고 했다.

전(前) 이장으로부터 송 이방을 만난 자초지종 이야기를 다 듣고 난 김 이장은 일이 잘 풀릴 것 같은 예감이 들었다.

다음날, 김 이장은 동장들을 동원하여 마지막으로 농장을 둘러보러 갔다. 매수인이 나타나기 전에 배수로를 정비해 두기 위함이었다. 오후 늦게까지 이어진 작업에 모두들 열심히 참여하였지만 마지막이 될 농장을 보며 마음이 편치 않았다.

마을 농장
팔리다

송 이방이 전답을 매입해 줄 사람을 대동하고 마을로 왔다. 마을 사람들의 막혔던 숨통을 트게 할 반가운 선물을 안고 봄 소식처럼 아침부터 마을을 찾아왔다.

같이 대동한 사람은 강태정(姜太正, 조천면에서 소문난 부자)이었다. 그는 송 이방과 같이 말을 타고 왔다. 대상 전답을 매입하기 위해 사전답사를 온 것이었다. 마을에 도착하자마자 처음 찾은 곳은 전(前) 이장의 집이었다.

말발굽 소리에 문밖을 내다보는 전(前) 이장은 틀림없이 반가운 선물을 가지고 왔을 것이라고 짐작하였다. 같이 대동한 강태정을 보는 순간 짐작이 맞았다고 생각했다.

두 사람은 각자 말에서 내려 전(前) 이장과 반가운 인사를 했다. 송 이방은 농지를 사게 될 강부자(조천면에서 강태정은 강부자로 통한다)를 소개했다. 송 이방이 전(前) 이장에게 김 이장을 오도록 하며 현장 답사에 나설 의향을 비췄다. 전(前) 이장은 송 이방과 강태정을 방 안으로 모시고 전(前) 이장 부인이 들고 온 감주로 목을 축이고 잠깐 쉬게 했다. 김 이장에게는 송 이방이 농장을 매수할 반가운 손님을 대동하고 찾아왔음을 알렸다.

"매수인이 현장답사를 요청하고 있으니 같이 가서 현장 설명을 잘해서 꼭 성사가 되도록 하자" 하고 미리 약속을 단단히 해가며 송 이방을 맞이하도록 했다. 김 이장은 "이렇게 아침 일찍 찾아줘서 감사합니다." 하고 두 사람에게 인사를 드리고 대략적인 내용을 설명해 나갔다.

"농장 위치는 입산봉 안에 있는 천수답이고 면적은 약 2만 평입니다. 조상 대대로 물려온 마을 전답이지만 아시다시피 형편이 이렇게 되었습니다. 송 이방으로부터 대략은 들어 이미 잘 알고 있겠지만 이번 기회에 팔아서 마을 사람들의 고통을 덜고자 하니 깊이 헤아려주시기 바라며 이웃 면(面)에서 오셨으니 좀 도와주시기 바랍니다." 하고 간곡히 부탁하였다.

김 이장으로부터 대략의 내용 설명을 듣고 난 강태정이 "충분히 이해가 간다."고 화답하며 현장을 돌아보겠다고 나섰다. 김 이장이 앞장서며 이미 이런 일이 있을 것을 짐작하고 '입산봉 봉수대'에는 사전에 입산허가를 받아놓고 있었다.

한가롭게 놀던 백로들이 현장에 도착한 일행을 보고는 놀라 하늘로 날아오른다. 김 이장이 안내하자 오름 안(峰內) 이렇게 넓은 분화구에 농지가 있음을 보고 송 이방과 강태정은 놀라는 표정이었다. "특이하게 원형으로 단일화된 집단 전답이 되어 누구나 탐낼 만한 환경조건을 갖췄다."고 하는 강태정의 얼굴에는 벌써부터 만족한 표정이 역력했다.

이렇게 하여 김 이장은 어제 미리 물꼬(배수로) 정비를 해놓는 것이 좋은 인상을 만들었을 거라 생각했다. 전(前) 이장과 김 이장은 일단 안도했다.

이처럼 현장을 돌아보고 온 일행은 일단 김 이장 집으로 장소를 옮기고 이장 부인이 미리 준비해 놓은 간단한 주안상(옛부터 여유있는 집에서는 청주를 담아 마셨다)을 차려놓는 방 안으로 모셨다. 한 발 더 나가서 송 이방이 "오늘 결판이 내려졌으면 좋겠다." 하고 곁에서 흥정을 맺는 말을 덧붙였다.

"제주에서 이미 소문난 강부자가 아닌가. 이런 기회는 다시 오지 않을 걸세. 큰 마음 먹고 사 두는 것이 어떤가?"

송 이방이 강태정에게 청주 한 사발을 권하면서 슬며시 부추겼다.

전(前) 이장과 김 이장이 옆에서 말을 거들었다. 주기(酒氣)가 좀 돌기 시작했다.

"이런 상황이 아니면 팔지도 않을 것입니다. 송 이방께서 권하고 계시니 기회를 놓치지 마십시오."

방 안에 활기가 제법 돌기 시작했다. 한두 잔 권주에 흥이 돌며 방 안 분위기가 오르고 있었다. 이렇게 되자 강태정이 실무적인 흥정 이야기를 꺼냈다. 사업가 기질을 가진 강태정은 단도직입적이었다.

"우선 받을 토지대금이 얼마인지와 완납일을 말해주십시오."

송 이방이 먼저 이야기를 받았다.

"관에 납부할 금액이 5만 량이고 보면 5만 량을 채워주워야 하고 납기일이 앞으로 4일밖에 남지 않았으니 그렇게 해주었으면 좋겠소." 그러자 권에 못 이긴 듯한 강부자가 잠시 숨을 고르고 나서 입을 열었다.

"대금은 깎을 수가 없을 것 같고 납기일이 너무 다급하니 앞으로 한 달만 더 보태어 주는 일을 송 이방께서 도와주셨으면 합니다."

그러자 강부자와 송 이방이 흥정을 맡은 셈이 되었다. 그렇게 하여 송 이방에게 공이 넘어가고 송 이방이 답을 내놓을 차례가 되었다.

결단력 있는 송 이방이 "좋다, 그러면 내가 책임지고 목사님에게 청을 넣어 납기일을 한 달 더 연기할 것이니, 오늘 일은 성사가 된 것으로 하여 이 자리에서 상호 간에 계약이 성사되도록 하자."고 단언하자 좌중 전원이 안면 가득한 밝은 표정으로 계약서를 작성했다. 송 이방은 출발할 때부터 강태정에게 혹시 계약이 성사될지도 모르니 백지 매매계약서를 준비하라고 일러놓고 있었다. 송 이방을 입회인으로 하는 토지 매매 계약서에 상호 서명 날인을 하고 계약을 마무리 지었다.

순간 김 이장과 전(前) 이장은 십 년 묵은 체증이 확 가시는 것 같았다. 김 이장은 "이렇게 된 이상 매매 계약서로 상납액 완납이 다 된 것으로 간주하고 마을 사람들에게 무거운 짐을 다 내려놓게 되었다고 이야기를 하겠다."고 하자 송 이방이 "이렇게 되면 다 해결되는 것과 다름없는 일이니 김 이장 말대로 마을사람들에게 이야기해서 안심시키는 것도 좋겠다."고 화답했다.

이처럼 순조롭게 토지매매 계약이 마무리되자 김 이장 부인은 가득 담은 감주사발을 들고 방문 앞에 섰다. 김 이장이 방문을 열고 감주사발을 받아 한 사람씩 감주를 돌리자 좌중은 화색이 만발했다.

송 이방은 감주 한 사발을 단숨에 들이마시고 그릇을 내려놓으면서 "오늘 좋은 결과를 가져오게 되어 그동안 많은 어려움 속에 있었던 두 분 그리고 온 마을 사람들이 고통에서 해방되게 되었고 나 자신도 너무 기쁘고 도운 보람을 느낍니다."

김 이장이 "진심으로 감사합니다. 마을 사람들도 송 이방께 큰 은혜를 입었다고 생각할 것입니다."

그리고 강태정에게도 "농장을 매입해줘서 고맙습니다." 하며 별도의 인사를 했다. 전(前) 이장도 고맙다는 말을 연발했다. 이처럼 방 안은 화기애애하게 시간 가는 줄을 몰랐다.

저녁 해는 벌써 한라산 자락을 넘어가고 있었다. 서둘러 일

어서는 송 이방과 강태정은 떠날 시간이 촉박함을 아쉬워하며
서로 악수하고 "다들 수고들 많이 하였다."는 말을 주고받고
말에 올라탔다.

"이랴! 이랴!"

두 사람을 태운 말들은 하품하듯 흙먼지를 일으키며 붉게
물든 석양을 향해 달려갔다.

대책의
끝자락에서

따뜻하고 포근한 아침이었다. 박 할망은 어젯밤에 단 꿈을 꿨다. 왕거북이가 고래가 올랐던 고래수 갯바위에서 등에 무엇인가를 업고 천천히 뭍에 올라오는 꿈이었다. 박 할망은 거북이 꿈하고 인연이 있어 좋은 소식을 가져온 것이라는 기대를 품었다. 오늘은 틀림없이 좋은 소식이 올 것 같은 예감을 갖고 있는 아침이었다. 꿈에서 깨어난 새벽, 식은땀은 요에 찰싹 들러붙었으나 기분만큼은 상쾌했다.

김 이장은 아침 일찍부터 박 할망 집을 찾아 어제 있었던 마을 농장을 판 소식을 먼저 전하려고 했다. 박 할망은 예견하고 있었던 것처럼 집 안으로 들어서는 김 이장을 보자 반갑게 맞았다.

먼저 박 할망이 입을 뗐다.

"관에서 송 이방이 왔었다는 소식을 듣고 있었는데 잘되었소?"

박 할망이 감주 한 대접을 들고 나와 김 이장 앞에 내놓자. "고맙습니다." 하며 한 모금 마시고 난 후, 농지 팔린 계약 이야기며 납기일 연장문제는 송 이방이 해결키로 하였고, 약속 기일 내 매수인 강태정이가 책임지고 납부할 것을 확약한 이야기 등 자초지종을 소상히 이야기했다. "이제 모든 일이 다 해결되어 기쁘기 한 없습니다."고 하자 박 할망도 "잘됐다." "잘되어 기쁘다." "지금까지 혹독하기만 했던 긴 겨울을 밀어내고 앞으로는 따뜻한 봄이 올 차례인데 그동안 김 이장이 고생 많이 했소이다."라고 칭찬했다.

박 할망은 진심으로 김 이장을 격려하고 고마워했다. 아침 햇살도 구름을 제치고 방 안으로 반갑게 내밀고 있었다.

김 이장이 박 할망을 만나고 집에 와보니 벌써 각 동장과 덕천 회장이 와있었다. 이렇게 일이 잘 풀린 것을 알고 있었는지 이심전심하며 모두 모여든 것이었다. 김 이장으로부터 자초지종 이야기를 들은 각 동장과 덕천이는 전날 농장에 미리 가서 물고랑을 정비해 놓았으니 남의 (강태정) 눈에도 잘 보이게 되어 다행이라고 하며 정성을 다하면 하늘도 돕는다는데 미리 대비한 김 이장의 선견지명(先見之明) 덕분이라며 덕천이가 김 이장을 추켜세웠다.

다들 끄덕이며 덕천의 말에 수긍하고는 "수고했습니다." 이구동성이었고, 이어서 덕천이가 한마디 말을 더 하였다.

"이제는 우리를 괴롭혔던 오랜 겨울 날씨도 물러가고 곧 반가운 새 봄을 맞이하게 될 것이며 우리 마을에 드리웠던 먹구름도 말끔히 걷히게 되었으니 그동안 겪었던 많은 고통을 다 털어버리고 온 마을이 무사태평과 단합을 바라는 조촐한 자축연이나 열어 그동안의 힘겨웠던 30일 투쟁도 마무리 짓는 것이 어떻습니까?"

"그렇지 않아도 많은 고통을 이겨내느라 고생을 함께 한 각 동장과 청년회원 책임자들과 함께 위로하는 자축연을 열어서 그동안 투쟁을 벌였던 일도 다 청산하고 새봄을 맞이하여 일신하는 기분으로 한 풀이 하는 것이 좋겠다고 생각했던 참이었소."

김 이장이 덕천이 말을 받아 지지하자

"그렇게 합시다." 일제히 합창하였다.

그러면 언제가 좋겠느냐는 김 이장의 말에 덕천이가 대답했다.

"내일을 넘기면 모레가 투쟁을 시작한 지 30일째 되는 한 달이니 그날을 기하여 위로의 자축연을 가졌으면 합니다."

덕천이는 자축연을 준비할 날이 필요하다는 생각이었다.

자축연
준비

어느새 코끝을 때리는 칼바람은 온데간데없고 아지랑이는 앞산 머리와 갯바위 틈에서 졸고 있었다. 봄은 여기저기 살며시 내려와 있었다. 마을 사람들은 내일 자축연을 준비하기에 분주했다.

이미 입춘이 지나고 들녘 보리밭엔 벌써 새싹이 고개를 올리고, 바다 봄 향기는 성급한 해녀들을 바다로 불러내는가 했더니 벌써 바다에 자맥질하는 봄 해녀들의 "호-이" "호-이" 하는 숨비소리가 들려온다. 갈매기들은 한가로이 잔잔한 물비늘 위를 날며 해녀들 주위를 빙빙 돈다.

바닷물 깊이가 얕은 할망바당(할머니들에게 배려된 전용바다)에 나간 할망해녀가 "곰세가! 배알로 가라!"(돌고래야! 고깃배가 있으니 배 밑으로 지나 가거라!) 이어 고개 올린 젊은 해녀가 신호를 받아 "곰세가 물알로!"(돌고래야 물속으로 들어가라!) 하고 목청을 올리자 돌고래들이 삽시에 물밑으로 자맥질을 한다.

불턱(북서풍이 불어오는 쪽에 돌담으로 둥글게 쌓아 바람막이를 하고 해녀들이 잠수복을 갈아입는 간이 탈의장이면서 찬 바다에서 나온 해녀들이 불을 지펴 추위를 녹이면서 물질 이야기와 사랑방 화제를 내놓는 공동체 복덕방 장소)에는 바다에 못 들어간 나이 먹은 박 할망과 이웃 동네 할망들이 앉아 대왕고래가 물웅덩이에 갇히면서부터 온 마을에 몰아닥친 액운으로, 끝내는 마을 농장까지 판 일 등등의 이야기를 했다.

'비 온 후에 땅이 굳는다'고 했는데 지금까지는 궂은 일만 당했으니 앞으로는 틀림없이 좋은 일만 올 것이라며 봄이 오는 소리에 희망을 보탰다.

해녀들의 자맥질이 끝나려면 앞으로도 시간이 많이 남아 있었다. 박 할망은 허깨비에 홀렸던 이야기를 털어놓았다.

"그해는 유난히도 추웠던 겨울을 곧 보낸 이른 봄날이었지. 봄물 먹은 바다 해초를 담아놓을 대바구니를 메고 갯바위에 홀로 겁 없이 나갔는데, 동이 트기 전이라 앞은 캄캄하고 조용한 파도소리만이 적막을 깨고 있었어. 원래 동이 트기 전 시간이 가장 어둡잖아."

"멀리 갯바위에서는 허깨비 파란 불이 여기저기 돌아다니고 파란 불 하나가 이쪽 갯바위로 왔다가 저쪽으로 날아갈 때는 수십 개씩 퍼져가고 이쪽저쪽에 오고가며 돌아다니는 불꽃을 보니 머리끝이 오싹해지더라고."

"갯바위에 붙어 있는 해초를 양손으로 '박' '박' 훑아내며 잡히는 낙지, 보말, 소라를 바구니에 열심히 가득 채우느라 정신을 다 팔리다 보니 먼동이 뜨기 시작했는데. 이게 웬일인가. 점점 날이 훤히 밝아오자. 그렇게 열심히 가득 채운 해초며(미역, 모자반 등) 낙지, 보말, 소라가 하나도 없는 거야. 빈 바구니가 아닌가. 그제야 제정신을 차리고 보니 혼이 잠시 나가 허깨비에 홀렸었다는 것을 알게 되니 등에 식은땀은 비 오듯 쏟아지고 그날로 며칠을 앓아누웠어."

말을 실감 있게 듣고 난 두 할머니도 이야기를 보탰다. "요즘도 가끔 어두워진 밤이면 바다에 나갈 때는 허깨비 불이 나와."(실제로 습기 찬 어두컴컴한 바다에서는 새들이 인(燐)이 발생한 짐승 뼈를 물고 다니다 놓칠 때 수십 개로 분산된다. 그리고 바닷물 속에서는 인을 갖고 있는 해초와 보말 등을 밤에 채취할 때 도깨비불 착시현상을 일으킨다)

이야기로 몇 시간이 흘렀을까. 자맥질을 끝낸 해녀들은 잡은 해삼이며 전복, 소라, 문어, 미역 등 다양한 해산물이 가득 담긴 그물 망사리를 어깨에 둘러메고 물 밖으로 지친 몸을 내려놓았다.

한쪽에서는 방금 물질을 끝낸 두 할머니가 할망 바당에서 고개 올려 "호-이" 하며 지친 숨을 밖으로 토하고 나서 뭍으로 올라왔다.

박 할망은 불타는 나뭇가지에서 연기를 몰아내며 불덩이만을 가운데로 모아 찬 바다에서 곧 올라온 해녀들에게 배려하

였다. 해녀들이 우선 불에 몸을 녹이느라 서로 앞뒤로 번갈아
가며 불을 쬐고는 언 입술을 녹였다.

이렇게 작업을 끝낸 해녀들은 박 할망을 앞세우고 잡아 올
린 해산물을 가득 담은 바구니를 짊어지고 출정 장병들의 귀
대 행렬처럼 줄줄이 김 이장 집으로 들어갔다.

자축의
날

오늘따라 이른 아침부터 화창한 날씨가 한라산을 머리에서
부터 산자락 바닥까지 새 봄옷으로 단장시킬 채비를 하고 있
는 듯하다. 바다에서도 봄바람이 갯바위와 인사하며 잔잔한
파도 소리가 엷게 낀 안개 막을 벌써 걷어내고 있다.

김 이장의 집에는 벌써부터 고통을 같이했던 전 이장, 박 할
망, 각 동장, 청년회장 등을 비롯한 동네 사람들이 다 모였다.
김 이장은 어제부터 분주히 준비한 만찬상 앞에서 인사말을
꺼냈다.

김 이장의 목소리는 유난히 밝아 보였다.

"여러분들 다 아시다시피 겨울이 한창인 때부터 밀어닥친
대왕고래 사건과의 투쟁을 한 달을 다 채운 30일 만에 모두 마
감하고 앞으로는 봄 날씨와 같은 행운이 봄바람을 타고 오기

를 기원하며 이 자리를 마련하였습니다.”

“그리고 우리들 앞에 차려놓은 음식은 어제 해녀들이 찬 바다 물속에 들어가서 잡아 올린 새봄 가득한 해산물로 장만하였습니다. 그동안 우리들의 고생을 위로하기 위하여 마련한 잔칫상이니 많이 들어주시기 바랍니다. 그리고 탁주 두 말도 풀어놓았습니다.”

“감사합니다.”

사람들 마다 탁주와 감주 잔을 가득 채웠다.

“우리 마을 ‘만세’ ‘만세’ 하는 우렁찬 김 이장의 선창 건배 소리가 합창되어 온 집안을 흔들어 놓았고, 마을 전체가 잔치 분위기도 들떴다.

사람들 모두가 서로를 위로하며 “그동안 고생 많이 했다.” “앞으로 좋은 일만이 올 것을 기대한다.”며 그동안 겪었던 많은 고통을 말끔히 잊으려는 듯 화기애애했다.

김 이장이 다시 입을 열었다.

“이번 일에 그동안 온 마을이 어려움에 휩싸여 조상 대대로 물려온 마을 재산을 잃게 되어 애석하고 마음이 아프지만 이제는 썰물 때는 이미 지나가고 밀물 때가 곧 오고 있습니다.”

“긴 겨울의 혹독한 추위는 다가올 봄의 파릇파릇한 새싹을 키워내고 아름다운 꽃을 피워내기 위한 것이었으니, 앞으로는 행운만이 찾아오게 될 것이라고 믿습니다. ‘겨울이 추워야 보리가 풍년이 온다.’는 옛 조상의 말이 있습니다. ‘그리고 북서풍이 혹독했던 겨울을 지난 봄에는 멸치 어장도 잘된다고' 하였습니다."

김 이장이 덕담을 이어나갔다.

"오늘 이렇게 좋은 결과에 자축할 수 있는 것은 풍부한 경험으로 솔선수범 하신 전(前) 이장님과 노구를 무릅쓰고 풍부한 지혜로 적극적으로 처음부터 끝까지 사건의 중심에 같이 힘을 모아 준 박 할망님 덕분이라고 생각합니다. 두 분께 깊은 감사를 드립니다." 그리고 "동고동락을 함께한 동장들과 훌륭한 발상과 헌신적인 용기로 어려움을 이겨낸 덕천 회장 등 모든 분들에도 깊은 감사를 드리면서 끝으로 이렇게 화기애애한 마무리를 해주신 모든 분들께 감사를 보냅니다." 하고 진지하게 맺음말을 했다.

김 이장의 말이 끝나자 덕천이가 벌떡 일어섰다.

"그동안 우리 마을을 위해 힘들고 어려웠던 액운을 이겨내느라 많은 고생을 하신 김 이장님에게 위로의 박수를 보냅시다."

덕천의 말에 장내가 터져라 뜨거운 박수가 쏟아졌다.

드디어
행운이

꽃샘추위에 잠시 숨을 죽였던 봄기운이 날개를 펴는 듯하고, 햇살은 구름 날개 사이로 살며시 얼굴을 내밀고 있다. 일찍 찾아온 봄 안개가 수면 위를 덮고 있고, 파도는 갯바위 꼭지만을 남긴 채 앞바다에서 얌전히 노닐고 있는 완연한 봄 날씨다.

봄이 오는 소리에 날개를 편 갈매기들이 심상치 않게 앞 바다 하늘을 맴돈다. 이는 필시 좋은 소식을 가져왔다는 뜻이다. 소문난 푸른 앞바다에 자주 나타나는 고래들은 양몰이 개(牧羊犬)처럼 뒤에서 멸치 떼를 몰며 바다를 휘젓는다.

하늘에서는 갈매기들이 크게 원을 그리며 날고 있고, 바다에서는 고래들이 멸치 떼를 몰고 오느라 야단법석이 났다.(이렇게 멸치 떼가 올 때는 갈매기들도 같이 돌고래를 뒤따라서 온다)

김 이장의 집에서 열리는 자축연이 절정에 올라 젊은이들이 구성진 노래를 막 내놓으려고 하는 순간이었다. 해녀 한 사람이 헐레벌떡 김 이장 집으로 뛰어들었다.

"지금 바다에 멸치 떼가 가득하고, 곰세기(돌고래)들이 몰려와 물질을 못 하고 왔어요." 하는 외침이 집 안을 흔들었다.

동장군이 겨울을 짊어지고 떠나자 고래가 어김없이 멸치 떼를 몰고 김녕 앞바다를 찾아온 것이었다.

"지금 돌고래들이 몰려오고 있어요. 해녀들도 도저히 작업을 못 하고 갈매기들도 떼지어 바다를 덮고 있어요. 필연 봄 멸치 떼가 몰려온 것입니다."

연회장은 일제히 고래가 봄 멸치를 일찍 몰고 온 것 같다며, 어망준비를 해야 할 것이 아니냐 하며 웅성거렸다.

자리를 같이하고 있는 박 할망과 동네 어르신들도 오늘처럼 기분 좋은 날에 고래들도 알고서 봄 멸치 떼를 고맙게 몰고 왔다고 반가운 표정들이다. 자축연의 분위기는 일시에 멸치로 화제가 바뀌어 당장 어망준비 등으로 열을 올리는 장이 되었다.

멸치
어장

마을 멸치 어장으로는 '바다 멸치 어장'과 '원담(갯바위로 둥글게 된 물웅덩이) 갯멜(갯담에서 잡은 멸치)' 두 곳이 있다. 그리고 달이 없는 조금일 때 멸치 어장이 잘된다. 바다 멸치 어장은 달 없는 캄캄한 밤에 바다에 어망을 배에 싣고 나가 넓게 투망하여 멸치 떼를 가둔 후 서서히 두 척의 배로 양쪽에서 당겨 좁혀가며 날이 밝으면 걸어 올린다. 대대로 내려오는 바다 멸치 어장의 멸치잡이 방식이다.

원담 멸치 어장은 밀물 때 고래가 양몰이 개처럼 멸치 떼를 갯바위 원담으로 몰아 썰물 때 빠져나가지 못해 갇힌 멸치를 걸어 올리는 어장이다.(김녕 마을 가스곶 해변에는 검은 흑돌빌레 원담과 갯담과 같은 물웅덩이들이 많다. 이렇게 멸치 떼가 조류를 타고 들어오는 서쪽에서 동쪽으로 길게 자리한 갯바위들 사이에 원담 어장이 곳곳에 만들어진다)

「원담(어장)의 '원'은 한자어 垣(울타리)이며 담은 돌담을 의미한다. '원담'은 바다 밀물을 따라 연안 갯바위 울타리로 들어온 고기떼가 썰물이 되어 바닷물이 빠져나갈 때 담을 넘지 못해 갇힌(일명 바다가 만들어낸 그물) 물고기들을 잡는 전통 갯바위 마을 공동 어장이다. 한때는 제주에 260여 개소나 있었지만 현재는 대부분 없어졌다(조선일보 2014.7.26.).

갯담(어장)은 '원담'과 유사하다. 갯바위 인근에서 갯가의 모래가 군데군데 물웅덩이를 형성하여 밀물에 들어온 멸치 떼가 썰물에 나가지 못하여 만들어진 어장을 말한다.」

투망
시작

갈매기들이 이미 어군을 탐지하고 '농괭이 바당'(돌고래가 자주 나타나는 바다)이 자기네 세상이 다 된 것처럼 잽싸게 고기를 낚아채고는 하늘로 올라갔다가 꿀꺽 삼키고 나서 또 내려오곤 하고 있었다.

김 이장의 집 연회장에서는 자축연을 속히 끝내고 어망을 준비하자는 분위기가 형성되고 있었다.

이때 청굴접계(淸窟接契: 마을의 4개 계 중의 하나) 소임(잡일 심부름역)이 헐레벌떡 김 이장의 집 연회장을 찾아왔다. 불문곡직하고 "덕천이 공원(청굴접 공원) 계십니까?" 하고 집안으로 들어섰다. 좌중은 화급히 찾아온 소임의 입으로 시선을 집중했다.

"지금 농괭이 바당에 멸치 떼가 가득하여 계장으로부터 공원에게 속히 연락하여 출어 준비를 하라고 합니다."

덕천이는 그렇지 않아도 좌불안석이었는데 소임이 찾아왔

으니 벌떡 자리를 박차고 일어섰다. "먼저 자리를 뜨겠습니다." 하고 "실례합니다." 하는 인사말을 던지며 자리를 떴다. 바로 그 길로 소임을 대동하고 어망계원 동원들도 나섰다.

서해 바다가 힘 잃은 석양을 삼키자 갈매기들도 내려앉는 어둠을 막아내려다 지쳐 집을 찾느라 분주하다. 어두워진 하늘엔 잔잔한 별빛들이 서서히 얼굴을 내밀고 초저녁 북쪽 하늘엔 소원을 들어준다는 북두칠성의 첫 별이 맑게 고개를 올렸다. 무언가 마을에 큰 행운이 올 것 같은 기운이 맴돌았다.

선단(船團)은 당선인 선도(先導)어선 한 척, 그물 실은 망선 두 척과 어망을 흘려 유인할 닻배 세 척과 테우배 네 척 등 모두 열 척으로 멸치잡이 군단(郡団)이 된다.

어둠이 살며시 내려앉자 선원들이 서둘러 올라탄 당선을 앞 세우고 그물을 가득 실은 망선과 뒤를 따른 닻배가 차례로 노를 저어 포구 밖으로 숨죽이고 조용히 미끄러진다. 마치 야간 상륙작전을 방불케 한다.

멜접계(멸치: 接契): 김녕 마을에는 예부터 접계어장 협업 문화가 발달하여 자리 잡고 있었다. 접당 10척의 배와 그물을 보관하는 10평 정도의 원두막 초가 창고가 있었으며 4개 접계에는 청굴접, 아락접, 신산접, 고봉개접(각 동마다 1개씩)으로 조직되어 농쾡이 바다의 멸치 어장을 관장해 왔었다. 접당 오육십 세대가 가입된다. 조직 관리에는 접계를 대표하는 접계장(長)과 업무와 재무를 관장하는 공원(公員), 잡일 심부름하는 소임(小任) 등으로 되어 있으며 출어 선단을 관장하였다.

바닷물 냄새와 멸치 비린내가 섞인 물비늘 냄새가 코끝에 와닿는다. 시커먼 밤배의 출현에 놀란 밤새들이 물을 차는 소리만이 곳곳에서 조용히 귓전에 다가온다.

암흑의 캄캄한 바다 수면에 카이젤 수염처럼 형성된 하얀 파도가 배 뒷전의 양 날개가 되어 조용히 번져가고, "깔작" "깔작" 노 젓는 소리만이 적막을 깬다.

그리고 멀리서는 전쟁터에서 패잔병이 도망치는 것처럼 고래 떼에 쫓겨 밀려오는 멸치 떼의 숨찬 절규 소리가 "후두득, 와작작" 하게 들린다.

그물을 실은 배는 밤 어장에서 (민감한 멸치 반응 때문에) 숨죽이고 조용히 노를 젓는 수칙(守則)을 지키며 노를 밀고 당긴다. 노 끝자락에 뺨을 맞은 멸치 떼가 혼비백산 줄행랑을 치며 내뿜는 인광(燐光)은 불화살 되어 바닷물 속으로 흩어져 나간다.

벌써부터 바닷물 냄새와 멸치의 비린 냄새가 코앞에 와 닿는 순간을 놓치지 않고 앞에 나선 당선에서 배 이물장(배의 화물칸)을 "탕" "탕" 친다(멸치 떼를 확인하는 방법이다.).

배 이물장을 치는 소리에 멸치 떼가 하늘에 펼쳐진 불꽃놀이처럼 발광하며 혼비백산하여 흩어질 때, 이때다 하며 투망하기 시작하였다. 투망을 시작하면 선도 당선을 앞세우고 망선에서는 그물을 바다 양편으로 깔기 시작하며, 닻배가 어군 (멸치 떼)을 가두기 시작한다. 약 2킬로미터쯤 그물을 흘린다.

배에서 노를 "갈작" "갈작" 조용히 저어가자 꼬리 흔들며 서서히 캄캄한 바다를 가르며 이물에서 들이마신 물이 고물에서 하얀 거품을 뱉어낸다. 그물 투망이 계속되었다.

투망하기 시작할 때 올라온 북두칠성 머리별이 이젠 일곱 별이 다 머리 위로 올라온 한밤중이다. 밤하늘엔 북두칠성이 대장 노릇을 한다. 헤아릴 수 없이 뚜렷한 수많은 별들이 밤하늘에 가득하고 집 찾는 밤새들이 주위에서 "휙 휙" 날갯짓 소리만이 적막을 깬다. 그물 안에 갇힌 물고기들은 제각기 멸치는 짧게. 갈치는 길게. 고등어 정강이는 덩치 크게 자기 몸체만큼의 인광을 발하며 그물 안을 휘젓는다.

바다 어장 입구 불 밝혀주는 '도대불(道壹: 옛날에 뱃길 밝히는 등대 역할을 했다)'도 꺼져 암흑이 깔린 조용한 바다엔 쏟아지는 별빛만이 온 바다를 수놓고 있다.

일단 그물을 바다에 다 풀고 나면 마게(구물을 거둬내는 돌이게)가 설치된 닻배에 탄 계원 여덟 명이 그물 감기 작업을 시작한다. 이처럼 투망을 시작한 바다 어장엔 밤새 닻배가 양편으로 그물을 끌어당겨 고기를 가두는 데 혼신을 다하였다.

밤하늘을 가득 채웠던 별빛들은 동이 트기 시작하자 수평선 너머로 잠겼다. 새벽녘 그물 안은 지금까지 보지 못했던 엄청

난 멸치 떼로 가득했다. 가둬진 고기 그물 안 물 색은 검은색
으로 바다 색과 확연하게 달랐다.

갯멜 어장에서도 난리가 났다. 물 빠진 갯바위 원담과 갯담
마다 어젯밤에 심상치 않게 몰려온 멸치 떼가 가득했다. 마을
사람들이 새벽부터 물이 빠진 갯바위에 나가보니 원담과 갯담
들까지 김녕 앞바다가 온통 멸치 풍년이었다.

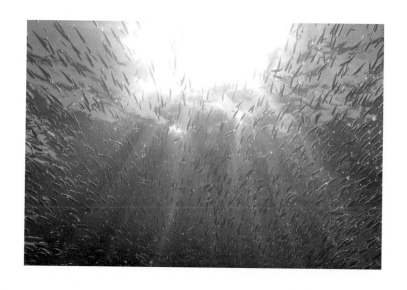

"갯멜 들었져! 갯멜 들었져!(갯가에 멸치 들어왔어요!)"

온 마을 사람들이 족바지며 바구니를 메고 바닷가로 달려왔
다. 순식간에 갯바위는 몰려든 사람들로 인해 인산인해를 이
뤘다.

배고픈 갈매기들이 엷은 새벽 안개를 타고 달려들기 시작했
다. '부지런하면 세 번을 얻어먹는다.'는 말이 맞다. 부지런한

놈이 벌써 그물 안 물고기를 잽싸게 하나 낚아채고 하늘로 올라가자 뒤따라 줄줄이 갈매기들이 모여든다. '우리(갈매기)들도 멸치 떼가 오는 신호를 알리는 데 한몫 했으니 먹을 권리가 당당하다'고 말하는 것만 같았다.

많은 고기들을 가둔 풍어장을 보며 이미 배부른 접원들은 "그까짓 것 먹어봐야 몇 마리 되겠어?" 하고 아예 신경도 쓰지 않는다. 까마귀들도 안개가 걷히기만을 기다렸다가 익은 홍어 맛보듯 바위틈의 게가 먹다 남은 흐물어진 물고기 사체에 달려든다.

피곤함도 잊은 채 밤을 지샌 덕천이는 그물 안에 검게 가득한 채 퍼덕이는 멸치 떼들을 물끄러미 쳐다본다. 큰놈, 작은 놈, 살찐 놈, 마른 놈들이 서로 엉켜 있었다.

바다 어장
멸치걸이

언제나 바다 어장에는 새벽이 빨리 온다. '성세기' 농쾡이 바당(돌고래 노는 바다) 어장에서는 새벽부터 새하얀 모래사장 바다가 멸치 떼로 가득하다. 엷은 봄 안개로 가득한 농쾡이 바당에는 아침 해가 천천히 올라오기 시작하자 멸치 배들이 제 모습을 드러내기 시작했다.

밤새 숨죽이고 조용했던 바다에 해가 뜨자 계원들의 "앵야" "앵야" "엿샤" "엿샤" 구성진 멸치몰이 노래 소리와 흥겹게 울려대는 작업 함성이 온 바다에 시끌벅적하게 퍼진다. 하늘엔 새벽 배고픈 갈매기들이 무리지어 몰려와 허락도 없이 멸치를 낚아채 가고, 늦잠 깬 까마귀들도 냄새를 맡고 눈 부비며 망을 섰다.

바다 어장 안에 그물로 가둔 멸치들을 두 편의 테우 배가 한쪽으로 몰아내어 양쪽거리 그물로 걸어 올린다. 멸치 떼는 비늘을 떨어뜨리는 최후의 발작을 하며 "팔딱 팔딱" 요동을 친다. 걸어 올린 멸치들을 한곳으로 몰아 모으면 아래에 깔린 놈은 압사 직전이고, 위에 떠있는 놈들만 콩 볶듯이 꼬리를 튀긴다. 멸치가 은빛을 토해내며 팔딱거린다. 아침 햇빛을 받은 멸치 비늘이 은빛으로 반짝거린다. 이렇게 하여 걸어 올린 멸치를 큰 대발 구덕인 '고리'(대발로 짜낸 직경과 높이가 성인의 한아를 넘는 바구니)에 담아 운반을 책임진 테우 배로 뭍으로 운반하였다.

하루에 100고리(큰바구니) 정도 하여 3일 정도의 멸치걸이 작업이 이루어졌다. 잡힌 100고리 정도는 제주도 곳곳으로 팔려나갔고, 남은 200고리분은 가공 처리로 넘겨졌다(멸치젓, 멸이치로 가공되어 삼 돛대 큰 풍선에 실어 육지로 쌀과 마포 등과의 물물교환으로 팔려나갔다). 그래도 남은 멸치는 밭 거름용으로 길과 뜰에 널어놓고 말렸으며, 덜 말려진 것은 사람들 발에 밟혀 매캐한 비린 냄새가 온 마을을 진동시켰다.

김녕 마을 온 바다가 멸치걸이가 한창인데 동네 아이들은 삼삼오오 저마다 허리에 고기 꿰미를 두르고 바닷가로 나간다. 고리구덕에 담아낸 멸치를 갈매기들처럼 허락 없이 꿰미에 잔득 꿰어서는 갯가에 도리도리 모여서 구워먹는다. 멸치 굽는 냄새가 코끝에 와닿는다.

어장 대박 풍년이 왔으며 바다는 잠들지 못하였다. 사람들도 온종일 성세기, 농괭이 바당에서 멸치를 수확하는 구성진 소리로 신명이 났다.

농쾡이 바당: 돌고래를 의미하는 상쾡이가 노는 바다라는 이름으로 돌고래들이 많이 모여드는 어장이다. 그리고 이 농쾡이 바다에는 쾡이갈매기와 쾡생이모자반이 모여든다.

성세기: 김녕 마을 동쪽에 자리한 파란 바다. 김녕해수욕장이다. 1960년까지만 해도 이 곳에는 환해장성의 흔적이 여기저기에 남아 있었고, 조선 태종 16년에(1416년) 당시 왜구의 준동을 대비하여 방호소를 설치한 적이 있다. 이곳은 작은 성이라고 하여 제주어의 의미로 성세기라는 지명으로 남게 되었다.

김 이장의
바다 어장 방문

농꽹이 바당에는 풍어를 알리는 색색의 풍어기(豊魚旗)가 새벽 바닷바람을 타고 활기차게 날리며 넉넉한 풍어장을 연출시키고 있었다.

김 이장은 농꽹이 바당에서 '멸치후리' 소리로 흥겨워하며 그들만의 왕국을 열고 있는 '성세기' 모래사장을 찾았다. 이처럼 '멸치후리'의 흥겨운 소리는 새벽을 여는 바닷바람을 타고 온 마을로 퍼져나갔다.

"풍년이 왔져! 풍년이 왔져! 농꽹이 바당에 돈 풍년 왔져!(농꽹이 바다에 황금어장 풍년이 왔다)선진이랑 앞궤에 놓고!(먼저 그물배는 앞 갯바위에 가서 놓자) 후진이랑 뒷궤에 놓자!(뒤 그물배는 뒷 갯바위에 가서 놓자) 그물코가 삼천 코라도!(구물 고리가 수천으로 많다 해도) 베릿배가 주장이여!(꿰어낼 밧줄이 주역이다) 용왕 노리하고 가자!(용왕신에 가서

풍어 빌고 가고) **선왕 노리하고 가자!**(선신(船神)에 풍어 빌고 가자! (제주도
무형 문화재 제 10호, 농꽹이 바다에서 발췌)"

    어선엔 풍어기가 흥겨운 노랫소리에 맞춰 활개 치며 나부낀
다. 성세기 모래사장에 멸치를 사기 위해 몰려든 사람들을 보
며 김 이장은 그렇게 힘들게 넘긴 지난 겨울의 고래로 인한 고
통이 말끔히 씻기는 듯 했다. 이제는 잃어버린 마을 재산을 보
상받는다고 생각하니 위안이 되었다. 그리고 멸치는 사흘 동
안 걷어 올려도 남을 것으로 예상되며 300고리가 넘을 것 같
았다. "정말 대박 풍어다." 하며 흡족한 생각은 새벽 공복을 채
우고도 남았다.

박 할망의
갯멜 어장 방문

박 할망은 아침 새벽에 찾아온 이웃의 친구 두 할머니하고 갯멜 어장(갯가의 멸치 어장)을 찾아 나섰다. 새벽잠을 깬 참새들도 집 앞에서 "짹짹"거린다.

앞서 갯멜걸이 나간 동네 사람들이 웅성대는 말소리가 안개 낀 갯바위를 넘고 있다. 갯바위에는 이미 멸치걸이 족바지며 구덕을 짊어진 마을 사람들로 가득했다.

박 할망은 이웃 젊은이들이 걸어 올린 멸치를 조금씩 얹어 주자 "고맙다." "고맙다." 기분 좋은 인사를 했다. 박 할망도 멸치를 구덕에 넣고 집으로 돌아왔다.

박 할망은 집에 들어서자마자 멸치 머리와 내장을 빼고 소금물에 얼른 씻었다. 끓는 물에 멸치를 넣은 다음 배추를 대충 손으로 잘라 넣고 간장으로 간을 맞췄다. 국을 한 사발 들이켜고 나자 허기진 언 배 속이 확 풀린다. 어제까지 고래로 고통스러웠던 일들이 언제였냐는 듯 박 할망은 사색에 잠겼다.

　그동안 남편을 삼켜버린 무정한 바다를 원망하고 미워했었다. 평생을 살며 응어리진 마음을 풀고 "감사합니다." 하고 긴 한숨을 토해냈다. 이처럼 멸치 풍어를 갖다 준 해신님과 멸치 떼를 몰고 온 고래에게 크게 감사하면서. 혹시 오늘밤 꿈에 다시 거북이가 나타난다면 그동안 응어리졌던 바다를 용서하며 살기로 마음을 고쳐먹었다는 소식을 덕천이 아버지에게 전해주면 좋겠다는 부탁을 하리라 마음먹었다.

　박 할망은 마음을 정리하고, '이젠 내 안에 있는 거북이를 영원히 자기 고향바다 용궁으로 돌려보내야 할 때가 된 것 같구나.' 하며 서해바다로 내려앉는 석양을 앞에 하고 혼자 조용히 갯바위로 나갔다. 그리고 사람들 눈을 피하여 "사랑하는 거북아! 그동안 고마웠던 거북이여! 안녕! 편히 돌아가거라." 마음속 깊이 외쳤다.

　"용궁에 있는 덕천 아버지에게도 안부를 담은 반가운 소식을 꼭 전해다오!" 박 할망은 양손을 모아 바다를 향해 합장했다.

풍어기의
덕천이와 박 할망

덕천이는 어장에서 밤샘하느라 녹초가 되었다. 멸치 떼가 밀려온 풍어장이 너무 고마워서 몸이 지친 줄도 모르고 하룻밤을 꼬박 뜬눈으로 보냈다. 풍족한 기분으로 지는 저녁 해를 앞세워 어머니를 뵙고 싶어 마을로 들어섰다.

길바닥에는 멸치를 말리는 매캐한 냄새가 코를 찌르고, 풍족했던 마음은 길바닥에 여기저기 낙엽 뒹굴듯 사람 발에 차이는 멸치들을 보며 가라앉는다. 멸치 한 마리도 알고 보면 한없이 넓은 바다에서 활개 치며 살았던 수억 수십억 마리의 소중한 생명체의 일원이라는 생각이 들었다.

"고래가 몰고 와준 고마움도 잊어버린 무심한 사람들이라는 생각이 듭니다."고 하며 어머니에게 쓰린 마음을 드러냈다.

아들의 말을 다 듣고 난 박 할망은 아들의 넓은 마음을 이해했다.

"어서 속히 집에 가서 잠시 눈 붙이고 나서 다시 어장으로 가야 할 것이 아니냐?"

집에 올 때마다 내놓는 골감주(감주에 엿기름을 넣어 만들어낸 것) 사발을 아들에게 내놓으며 재촉한다. 골감주를 단숨에 들이마시고 집을 나서는 아들의 뒷모습을 물끄러미 쳐다보는 박 할망은 덕천이야말로 하늘이 준 아들이 분명하다고 생각했다. 유복자로 태어나 아버지 얼굴도 모르고 자란 아들인데 이젠 어머니와 같이 나이를 먹어 가면서 늠름한 품위를 갖춘 든든한 청년으로 성장했다. 마을 청년지도자가 다 된 아들의 의연한 모습을 보면서 지금까지 홀로 외로움을 이겨내며 살아온 공이 아들을 훌륭히 키워낸 보람이라는 생각으로 크게 위로가 되었다.

하늘이 풀리며 평화가

'가는 겨울이 있으니 오는 봄이 있는 법' 자연의 법칙은 그 누가 막을 수 있으랴! 곱게 새 봄으로 단장한 한라산 산자락을 타고 봄 향기가 천천히 내려온다.

새벽 아침 해가 벌써 열기를 뿜어내며 동이 트기 시작한다. 갯바위 돌 틈에선 봄을 먹은 해초가 기지개를 펴며 하얀색의 엷은 파도와 물장구치고 있다. 들녘엔 파릇파릇한 새싹이 내뿜는 쑥향 등이 코끝에 와 머물고 눈 녹은 물 먹은 풍년 보리밭 풀잎이 고개를 들기 시작한다.

빙그레 곧 올라온 봄 햇살에 돌담에 핀 아지랑이도 어린 색시마냥 수줍어하며 얼굴을 내민다. 돌담 위를 뛰노는 참새들도 "짹" "짹" 봄을 노래한다.

새봄이 찾아온 바다엔 고래들이 봄 멸치 떼를 몰고 와 풍어장을 만들어 내었고, 갈매기들도 "꺄룩" "꺄룩" 하며 흥겹게 춤을 추기 시작한다. 그리고 해녀들도 쌍 돗대를 올리고 잠수했다 나와서는 "호-이" "호-이" 하는 자맥질 소리를 바다 물비늘 위로 펼쳐놓는다.

마을 집집마다 호롱불에서 타는 고래 기름 향기가 어둑어둑해지는 밤하늘을 가득 채운다.

지난 겨울 멸치 떼를 몰고 김녕 마을 앞바다까지 찾아왔다가 매서운 동장군에 의해 애석하게 삶을 마감하게 된 '대왕고래'의 슬픈 영혼이 잠들어 있는 '고래수'는 말없이 조용하다. 혹시 후손들이 찾아와 자신의 슬픈 사연을 헤아려 주길 기다리고 있는 것은 아닐까?

매서운 겨울이 지나면 따뜻한 새봄이 오는 자연의 순리처럼 하늘은 마침내 겨울 먹구름을 걷어내었다. 완연한 봄 햇빛이 온 마을에 퍼지고, 얼었던 동토가 풀리듯 김녕 마을과 앞바다에는 풍요와 평화가 찾아들었다.

제2장

현명한
제돌이

(대왕고래를 찾아 나선 제돌이 편)

꿈을 향한
삼만 리

160여 년 전 '대왕고래' 한 쌍(평생 함께 산다고 알려져 있음)은 남태평양 해류를 타고 올라오는 가운데 살이 찌고 풍부해지는 멸치 떼를 주 먹이로 삼으며, 제주섬 동북단에 위치한 아름답고 푸른 김녕 앞바다의 터줏대감으로 있으면서 평화로운 삶을 살고 있었다.

그런데 때 이른 겨울 한파의 갑작스런 악천후로 김녕 앞바다 고래수(고래가 갇혔던 물웅덩이)에 남편 '대왕고래'가 어이없이 갇히더니 결국 생명까지 잃게 되자 짝 잃은 부인 고래는 눈물을 삼키며 고향인 남태평양으로 돌아갔다. 남태평양으로 돌아간 부인 고래는 1년 후 유복자(遺腹子: 태어나기 전에 아버지를 잃은 자식)를 낳았다. 가슴에 응어리진 슬픔을 간직한 채 외롭게 유복자를 키우면서 한 많은 일생을 살다가 임종이 가까워지자 삶을 마감하며 유언을 남겼다. "장차 손자들이 장성하면 대왕고래 할아버지가 터줏대감으로 살던 곳을 한번 찾아가 할아버지의 넋을 위로하라!"는 대를 잇는 유언이었다.

「김녕 앞바다의 대왕고래가 죽은 장소 '고래수'와 제돌이 '방류지'를 연결하여 고래도 인간들처럼 후손들에게 조상의 뼈아픈 사연을 대를 이어 전하였을 것[1]으로 흥미있도록 이야기를 꾸몄습니다. 남방큰돌고래인 제돌이와 춘삼이가 대왕고래의 후손으로서 할아버지 대왕고래의 발자취를 찾아가는 스토리입니다. 제주 김녕 앞바다에 방류된 돌고래 덕남(제돌이)과 덕녀(춘삼이)가 후편의 주인공입니다.」

세월이 흘러 대왕고래의 몇 세대 후손 손부 고래는 매일 아침 새벽마다 정안수를 떠놓고 기도하였다. 손부 고래의 어머니가 항상 시간이 있을 때마다 손자 두 남매(덕남=제돌이, 덕녀=춘삼이)를 불러 앉혀 유언처럼 말을 남겼었기 때문이다.

"사랑하는 어린 남매가 무사히 성장하여 어머니의 유언을 꼭 이루게 하여 주십시오. 장차 너희 둘이 성장하여 옛 조상이 살던 아침 해가 뜨는 동방의 나라 한반도를 찾아 조상의 넋을 위로하길 바란다. 가는 길은 멸치 떼가 아시아 남부 해안가를 따라 성장하면서 북으로 북으로 올라가는 해로(바닷길)를 통해

---

1. 옛 사람들은 지능이 낮은 까마귀가 자신을 낳고 키운 어미 까마귀에 보은하는 효(孝)를 배우라고 하였다(反哺之孝). 돌고래는 지능지수(IQ)가 70–80으로 사람으로 치면 4세 어린이만큼 고도의 인지능력이 있어 까마귀 이상으로 집단생활을 하며 언어(소리)와 생활 및 사냥 방식 등을 후세에 가르친다.

동북쪽으로 올라가면 목적지에 도달할 수가 있을 것이다"

　흐르는 세월 속에 어느 덧 '덕남이' 남매는 깊은 심저(心底)에 간직해 놓은 유전자 코드에 맞추어(유언을 따르듯) 멸치 떼를 쫓아 조상이 살았던 곳을 찾아 나섰다. 물 흐름을 타고 거친 인도양을 출발하여 넓고 망망한 남태평양을 지나고 남중국해를 거쳐 대만 해협을 넘었으며, 제주 앞바다 '이어도'에서 잠깐 쉬었다. 생전 처음 먹어보는 고등어 몇 마리로 배를 채우고는 원기 백배하여 또다시 삼만 리가 넘는 멀고 험한 길을 온 힘을 다하여 열심히 달려 나갔다.

　두 남매는 하늘이 선사해 준 쾌청한 날씨 덕에 몇 달을 쉴 새 없이 달렸다. 정열 가득한 남태평양의 마파람을 등에 업고 순풍에 돛단배처럼 긴 항해를 무사히 마치고, 높고 수려한 한라산이 자리한 제주섬 앞바다 가까이에 닿았다.

드디어
제주 앞바다에

　수평선 위에 뾰족하게 내민 한라산 봉우리가 아침 햇살을 받고 발광하는 빛이 환상적인 장면을 연출하고 있었다. 덕녀는 덕남이에게 눈에 비친 풍경을 감탄하며 말을 하였다.

　"수평선 먼 바다 위에 떠 있는 뾰족한 봉우리가 눈부시게 점점 가까이 다가오네!"

　덕남이는 미리 짐작하고는 "놀라지 마라, 아침 햇살은 언제나 찬란한 것이다. 저곳이 우리가 찾는 한라산 봉우리이고, 그 동북쪽 앞바다가 우리의 목적지 북위 33.3°, 동경 126.5°에 위치한 '김녕' 마을 앞바다 지점이 된다"고 덕녀에게 말을 했다. 덕남이 남매가 드디어 환상의 섬 제주 서귀포 앞바다에 도착한 것이었다. 남쪽 하늘에 떠있는 노인성(老人星)을 뒤로하고 넓고 거친 남태평양을 횡단하는 수만 리 험한 길을 달려온 것이다.

　한라산이 백록담을 만들며 쏟아낸 용암덩어리로 이루어진
아름다운 문섬과 섭섬, 범섬 앞에 이르자 커다란 쌍무지개가
정방폭포의 낙수를 받아서 아름답게 두 물줄기 사이에 걸쳐져
있다. 푸른 바다에는 흰 수건을 둘러 쓴 해녀들이 바다에 머
리를 집어넣고 부기(태악)만을 띄운 채 양다리로 쌍돛대를 올려
세우는 묘기를 부린다. 어디서 날아왔는지 갈매기들이 "끼룩"

"끼룩" 구름같이 수십 마리가 덕남이 남매 주위로 모여들었다. 고래가 멸치 떼를 몰고 왔을 것으로 짐작한 모양이다.

서귀포 앞바다의 수온은 쾌적하여 인도양에서부터 머나먼 길을 달려온 피로를 시원스럽게 날려 보낸다. 그리고 이곳의 먹이는 일품이었다. 태어나서 처음 먹어보는 한랭어류인 고등어에 덕남이가 홀딱 반해버렸다.

"고등어 맛은 기름이 듬뿍하고 살이 졸깃졸깃하여 천하일품인데." 입을 다시며 덕남이가 덕녀에게 말을 건넨다.

"고등어 맛도 좋지만 나는 구수한 전갱이 맛도 좋은데."

"이렇게 입만 벌려도 저절로 들어오는 멸치와 정어리 맛도 일품이야." 덕남이가 덕녀의 말을 받고는 한술 더 뜬다.

"오징어와 한치는 씹지 않아도 술술 목 안으로 내려간다. 수만 리 먼 길을 달려오느라 소모된 체력이 저절로 회복되는 것 같다. 우리 조상들은 이렇게 살기 좋은 천국에서 터줏대감으로 살았나 보다!"

그런데 갈매기 떼들이 심상치 않게 모여드는 것을 보고 이미 제주 앞바다 터줏대감으로 자리잡은 남방큰돌고래들이 여기저기에서 모여들기 시작하더니 삽시간에 덕남이네를 에워싸기 시작한다.

제주 남방큰돌고래 떼들이 덕남이 덕녀 남매를 꼼짝 못 하게 묶어놓고, 무리를 이루어 공중으로 높이 뛰어올랐다가 떨어지는 위협 점프로 시위하며 겁을 준다.

가만히 숨죽이고 조용히 있던 덕남이 앞으로 대열에서 뽑힌 대표 돌고래 한 놈이 다가와서 심문하듯 질문을 던진다. 굳은 표정이었다.

"우리는 제주 앞바다의 터줏대감으로 있는 대왕고래의 파수꾼이다. 너희들은 왜 남의 구역에 허락 없이 침범했느냐?"

잠시 뒤 약간 겁에 질린 덕남이가 차분하게 말을 했다.

"우리 남매는 지금으로부터 160여 년 전 옛날 조상인 '대왕고래' 내외가 제주 김녕 앞바다에서 터줏대감으로 살고 있었던 선조의 땅을 찾아온 것입니다. 당시 갑자기 닥친 겨울 악천후에 '대왕고래' 할아버지가 목숨을 잃게 되었고, 눈물을 머금고 홀로 돌아온 왕할머니의 유언이 대대로 이어졌어요. 장차 자손들이 성장하면 제주섬 김녕 앞바다를 꼭 한번 찾아가서 옛 조상의 넋을 위로하는 성묘를 하고 오라는 유언에 따른 것이에요. 그걸 실천하기 위해 큰마음 먹고 이렇게 먼 곳을 찾아온 것이고, 다른 목적은 없으니 너그럽게 배려해 주시기를 바랍니다."

덕남이의 사연을 들은 대표 고래는 덕남이에게 "그렇다면 잠시 그 자리에서 기다리고 있으면 답을 갖고 오겠다."고 하고는 자기들 대열로 돌아갔다.

현장을 지키고 있던 고래들은 한곳으로 모여 덕남이가 찾아온 사연을 신중히 듣고 난 후 터줏대감 '대왕고래'에게 보고하여 지시에 따라 조치하기로 의견을 모았다. 덕남이네가 제주

섬을 찾아온 사연을 가지고 떠난 집단 대표가 '대왕고래'를 찾아 나섰다.

몇 시간이 흘렀을까. 덕남이네를 둘러싼 대열은 그동안 흐트러짐 없이 현장을 지켰다. 속히 답을 기다리는 덕남이와 덕녀는 지루하게 답을 기다렸다.

한참 뒤, 체구가 당당하고 우람한 대왕고래가 대표 고래와 함께 모습을 나타냈다. 군대의 사열을 방불케 하듯이 도열해 서있는 모두가 긴장한 분위기였다.

덕남이와 덕녀는 대왕고래가 원 안에 갇힌 자기들 가까이 다가서자 예(禮)를 올렸다. 대왕고래는 인자한 표정으로 덕남이 남매에게 말을 했다.

"그대들, 참으로 훌륭하고, 고생이 많구나!"

뜻밖의 말을 하는 대왕고래의 첫마디에는 위엄이 묻어 있었다.

긴장했던 분위기와 다른 의외의 말이라 잔뜩 겁을 먹고 굳어있던 덕남이 남매의 마음은 순식간에 봄눈 녹듯이 풀렸다.

"조상의 넋을 기리기 위해 멀리 태평양에서 수만 리를 찾아온 너희들의 효행이 참으로 기특하구나. 그대들의 조상인 옛날 '대왕고래' 님은 나의 선배 '대왕고래'임에 틀림없다. 생존해 계실 때 이곳 제주 앞바다의 터줏대감으로 있으면서 많은 덕을 베풀며 사셨다고 들었다. 불의의 사고로 목숨을 잃게 되었다는 말을 오래전부터 전해 듣고 있었던 참인데 이렇게 훌륭한 자손들이 있어 크게 위로가 된다. 여기에 있는 여러 동료들이 자네들의 길 안내를 하도록 할 터이니, 무사히 조상의 넋을 기리도록 하라."

　대왕고래의 격려에 덕남이와 덕녀는 그동안의 힘든 여정이 생각나며 눈물이 났다. 덕남이와 덕녀는 큰절을 올리며 "고맙습니다.""고맙습니다."를 연발했다.
　"하해(河海)같이 깊고 넓은 은혜, 오래오래 간직하겠습니다. '대왕고래' 님의 앞날에 무궁한 영광과 만수무강을 진심으로 기원합니다." 하고 깊숙이 머리를 숙였다.

　「'대왕고래'는 집단생활하는 고래들 무리에서 우두머리 역할을 한다. 나이가 가장 많고 체구가 우람하며 제주 연안 바다에서 많은 무리들을 거느리면서 어른 노릇을 하는 고래를 '대왕고래'라고 불러 왔다.」

덕남이 남매
출발 준비

정방폭포에서는 물줄기가 물안개를 토해내며 힘차게 쏟아져 내리고 있다. 정방 폭포 앞 외돌개와 주상절리의 비경이 덕남이 남매의 마음을 빼앗는다. '옛 조상 대왕고래 할아버지도 이 아름다운 절경에 매혹되어 제주섬 앞바다에서 살았을 것'이라는 생각이 들었다.

덕남이는 제주섬 둘레 연안 총 길이 400여 km가 되는 길이를 양분하여 서편으로 돌면 250km가 될 것 같고, 동편으로는 150km쯤 가면 목적지인 김녕 앞바다에 도착할 것이라고 마음속으로 생각하고 있었다.

그래서 덕남이는 서녘바다가 유속이 빠르고 거칠고 길이가 멀기 때문에 자기가 맡고, 덕녀에게 물 흐름이 순하고 거리가 짧고 편한 동편 바다를 돌아 목적지에서 만나자고 약속을 했다. 덕녀를 위한 배려가 느껴지는 결정이었다.

바다는 잔잔하고, 봄 향기가 한라산 자락으로 내려와 한라산 허리에는 벌써부터 철쭉이 빨간 꽃눈을 틔우기 시작했다. 빨갛게 물든 천년목 구상나무 꽃향기가 봄바람을 타고 바다까지 내려와 있다.

한라산 백록담의 물로 배를 채운 백록의 사랑 노래가 "꾸욱", "꾸욱" 봄바람을 타고 귓전에 와 머무는 것 같다. 봄이 해안가를 비롯하여 제주섬 지천에 깔려있었다.

연중 상달이 되는 5월의 날씨에 가볍게 입만 벌렸는데도 지천에 널린 고등어, 전갱이, 멸치가 두 남매의 입안으로 쉽게 들어왔다.

이른 아침의 출발을 위해 두 남매는 물고기로 배를 가득 채웠다. 출발을 앞에 놓고 준비에 온 신경을 집중하였다. 아침에 비치는 햇살은 찬란했고 달리는 속도가 시속 30km를 낼 만큼 혈기왕성하므로 서둘면 오후에는 목적지에 당도할 수 있을 것 같았다.

"뜨는 해는 잡고 갈 수 있어도 지는 해는 잡지 못한다."고 하므로 해지기 전 계산된 시간에 도착하기 위해 아침 일찍부터 출발을 서두른 것이다.

두 남매는 섬 둘레를 두 방향으로 나눠 덕남이는 해 저무는 서녘으로 덕녀는 해 뜨는 동녘으로 출발을 준비했다. 이미 다른 돌고래들도 '대왕고래'의 말대로 열 마리씩으로 편을 짜서 덕남이 남매들과 함께 출발을 대기하고 있었다.

덕남이가 갑자기 "나는 서편으로 돌면서 아름다운 경관을 남김없이 기억해 두었다가 이야기해줄 테니, 누나도 동편으로 돌면서 아름답고 수려한 제주의 동녘 경관을 빠짐없이 꼼꼼히 담아 와."라고 하자 "그러면 약속을 꼭 지키기다." 하고 덕녀가 자신 있게 말한다.

덕녀의
힘찬 출발

덕녀는 목적지를 향해 떠날 생각으로 가슴이 벅차올랐다. 꿈을 안고 먼 태평양에서 수만 리를 달려 온 날들이 저절로 생각났다. 하루하루를 넘길 때마다 힘들고 시간이 들어 달성하기가 막막했는데 앞으로 몇 시간만 달리면 목적지에 당도하게 될 것이라 생각하니 꿈만 같았다. 꿈이 눈앞에 현실로 펼쳐지게 될 것에 흥분하지 않을 수 없었다.

덕녀의 출발에는 안내를 맡은 고래들이 인도하였다. 그 앞에는 고래가 멸치 떼를 몰고 오는 덕에 먹고 사는 갈매기들이 하늘 길 안내를 맡아 "까룩" "까룩" 나팔을 불고 있다.

새벽 아침 해가 벌써 희뿌옇게 동이 트기 시작했다. 부서지는 아침 햇살이 물비늘이 되어 눈부시게 반짝거린다. 드디어 성산 일출봉을 향해 힘차게 출발하였다. 아침을 여는 하늘에는 갈매기들이 앞다투어 날개를 활짝 펴고 물길을 열었다. 바다에서는 열 마리의 동료 고래들이 기수를 앞세워 '기러기'편대를 만들어 5마리씩 양편 날개를 지어 덕녀를 호위하였다.

목적지의 위치를 훤히 꿰뚫어 알고 있는 성급한 기수 고래가 전속력을 내어 행군하자고 하며 "내 뒤를 따르라! 야호!" 하며 출발 신호를 보냈다. 바다에 가득한 봄 안개를 삼키며 시속 60km로 달리기를 하듯이 전속력을 내기 시작하였다.

앞으로 1시간이면 왕관처럼 된 일출봉 항아리를 만날 것이다. 덕녀의 눈에는 한라산 봉우리가 위치를 달리할수록 여러 모양으로 아름답게 다가오자 "야호!" 하고 탄성을 지른다.

하늘에서는 갈매기들이 물안개를 헤치고 날아가고 있었다. 수면 위에 깔린 안개 밑에서 갯바위에 재롱을 부리는 파도 소리가 "철썩"거린다. 지표를 흐리게 하는 안개 속에서 들리는 갈매기 울음소리가 "꺄룩" "까루룩" 등대의 음파를 대신한다. '안개 너머에는 목적지가 있을 것이다.' 하고 덕녀는 생각하였지만 조바심 나는 마음을 달랬다.

가장 높이 나는 선두 갈매기가 가장 먼저 웅장한 일출봉을 먼저 보았는지 "끼루룩" 하고 소리친다. 앞에서 나는 놈(갈매기)이 가장 먼저 보게 될 터이니까!

수면 위의 아침 안개는 오래 가지 못했다. 안개 끝자락에 봄

처녀마냥 얼굴을 내미는 일출봉! 안개 속에 어렴풋이 펼쳐진 일출봉의 위엄에 덕녀의 눈이 휘둥그레졌다.

먼 바다 수평선 위에서는 뭉게구름이 둥실둥실 피어오르고 바다에 떠있는 왕관처럼 솟아있는 성산 일출봉이 '덕녀'의 시야에 뚜렷이 나타나기 시작한다. 난생처음 보는 장관이었다. 일출봉의 우람한 운치가 가까이 다가왔다. 점점 더 가까워질수록 검푸른 바다에서 토해내는 하얀 파도가 일출봉 검은 바위에 띠를 두르듯이 찰랑대는 전경이 한 폭의 수채화를 걸어놓은 듯하다.

일출봉 바위자락에선 바람과 파도가 정답게 물장구를 치고 있다. 바람이 몰고 온 파도가 때렸는지 하얀 거품이 검은 용암 바위를 넘어서는 생동감이 넘치는 역동성이 느껴진다. 영혼을 내주고서라도 붙잡고 싶은 아름다운 절경이었다. 이것만으로도 덕남이에게 설명해 주겠다고 약속한 경관으로 충분할 것이라 생각하니 만족스러웠다.

전속력을 내며 힘차게 달려 온 덕녀 일행이 일출봉 끝자락 근처에 왔을 때 큰 물체 하나가 천천히 다가왔다. 자세히 살펴보니 언젠가 본 것 같은 바다 왕거북이 아닌가. 덕녀는 호기심이 발동했다. 가까이 다가가서 "왕거북님 안녕." 하며 오랜 친구처럼 인사를 건넸다. 그리곤 혼자 생각했다.

'저렇게 느린 걸음으로 어떻게 먹이를 잡을까? 걱정된다. 발 빠른 나도 힘들 때가 있는데.'

또 한 번 "왕거북님 안녕." 하고 손을 흔들며 물 흐름을 타고 옆을 스쳐 지나간다. 왕거북이는 눈만 꿈벅꿈벅하며 발 빠른 고래들의 속도에 놀라워한다. "나 걱정이랑 하지 말고 갈 길들 가세요." 한다. 일출봉 앞바다의 잡새들과 가마우지들도 분주히 마중 나왔다.

일행은 아름답게 소가 누워 있는 형상인 '우도(牛島)'와 우람하게 자리한 일출봉 사이를 지나고 있었다.

이때 "호이" "호―이" 숨넘어가는 애절한 숨비소리²가 들렸다. 해안가 한쪽에서 해녀들이 신기한 듯 돌고래의 행진 묘기를 구경하며 휴식을 취하고 있다. 덕녀는 고개를 물 밖으로 치켜 올려 "해녀님들 안녕." 하고 다정하게 인사하였다.

쉴새없이 한참을 달려온 갈매기들도 일출봉 앞바다 물비늘 위로 사뿐히 내려앉았다. 휴식을 취하는 가운데 허기진 배를 채우느라 부지런히 바다에 머리 박기가 분주하다.

벌써 해는 중천에 걸쳐 있고, 일행들도 물 흐름이 잠시 멈추는 때에 맞추어 각자 점심을 챙겨 먹기로 하였다. 그러면서도 "어선의 접근에 주의하라."는 기수의 경고에 주위를 살폈다.

---

2. 해녀가 '호―이' 하는 자맥질 '숨비소리'는 바다 물속에서 전복, 소라를 캐느라 몇 분 동안 숨을 참으며 숨 한계선을 넘나들다 참았던 숨을 토해내는 소리인데, 애절하게 들린다.

덕녀
포획되다

덕녀는 물고기를 잡아먹으면서 잠시 휴식을 하고 있었다. 이때 소형 5톤짜리 동력 어선 두 척이 고래들의 양편에 떠있었다. 고기잡이배로 위장한 어부들의 악의를 덕녀는 알지 못했다.

"물고기를 몰아주는 우리를 환영해 주겠지."

덕녀는 "어부님들 안녕." 하고 고래 특유의 친절한 점프 인사를 건넸다. 그리고 고개를 물 밖으로 치켜 올리면서 인사하고 물속으로 자맥질했다. 덕녀의 반가운 인사에 어부들도 미소 띤 얼굴로 화답하였다.

"고래다." "고래야 반갑다!"

덕녀는 기수고래의 경고를 까마득히 잊고 그물 안에 있는 많은 물고기를 보고 탐을 냈다. 별 생각 없이 덕녀가 점심을 포식하기 위해 그물 안으로 들어가는 순간, 비수를 감추고 있던 포악한 어부들은 이때다 하고 순식간에 그물을 걷어 올리기 시작했다. 갑자기 덕녀는 그물에 갇히는 신세가 되어 버렸다. 그렇게도 조상의 넋을 위로하고 싶어 했던 소망은 목적지를 24km 정도 남겨둔 지점에서 물거품이 되고 말았다.

점심 휴식을 끝낸 일행은 다시 출발 대열을 정비하는데 덕녀가 보이지 않았다. 전부 사방으로 덕녀를 찾아 나섰다. 이게 어찌된 일이냐! 어선에 나포되고 만 것이 아닌가! 순식간에 생긴 일이었다. 동료 고래들이 어선 주위에 다가가 이리 저리 소방 호스물 뿌리듯 숨통으로 물을 내뿜는 시위를 해보았으나 모두 허사였다. 하늘의 갈매기들도 '끼룩'대며 항의하였으나 소용이 없었다.

인근에서 자맥질하던 한 해녀가 어부들의 심상치 않은 소란한 행동에 작업을 멈췄다. 그물에 감겨 요동치는 고래(덕녀)를 보는 순간 큰일 났다는 것을 직감했다.

"다들 여기로 모여라!" "고래가 그물에 걸렸다!"

소리를 들은 해녀들이 하던 자맥질도 제쳐놓고 어선 앞으로 모여들었다. 어부들을 향하여 호미를 높이 들어올리며

"이 사람들아, 바다의 대장을 잡아가면 큰일 난다. 그만 두라! 바다가 화를 낸다(큰 화가 온다고 예로부터 들어 온 터이다)."

해녀들의 아우성에도 어부들은 아랑곳하지 않았다. 안내를 맡은 동료 고래 일행은 돌연한 사고로 덕녀를 다시는 못 보게 되면 어쩌나 하는 생각과 '대왕고래'를 뵐 면목도 없어 걱정이 앞섰다.

어부들에게 잡힌 덕녀는 서귀포 앞바다로 끌려가기 시작했다. 하늘에서는 많은 갈매기들이 애처롭게 주변을 빙빙 돌기만 하다가 대장 갈매기가 갑자기 "친구들아 '덕녀' 고래가 잡혀간다. 다 모여라!" 하며 목청을 높였다. 삽시에 수십 마리가 모여들어 덕녀를 끌고 가는 배 앞을 휘저으며 날아다닌다.

"꺄륵" "꺄륵" "어디로 끌고 가는 것이냐?"

갈매기들의 애처로운 울음소리는 그칠 줄을 몰랐다.

안내 책임을 통감한 동료 고래들도 배의 뒤를 쫓아 보았으

나 덕녀를 구하는 것이 불가능하다는 것을 알았다.

  배가 출발한 지 3시간 정도 지났을까. 석양으로 넘어가는
햇빛이 한라산 허리를 붉게 물들이고 있었다.
  어부들은 탈진상태로 끌려온 덕녀를 들어 올려 미리 마련된
서귀포 퍼시픽랜드 수조 안으로 물건 던지듯 집어넣었다.

덕남이의
힘찬 출발

아침햇살을 받은 쪽빛바다가 눈부시다. 덕남이의 출발도 덕녀와 마찬가지로 갈매기들이 하늘 길을 먼저 열며 앞장섰다. 바다에는 '대왕고래'의 배려로 안내를 맡은 열 마리의 고래가 기러기 편대가 되어 덕남이를 호위했다. 덕녀 쪽과 마찬가지로 기수 고래가 "이번 여행에는 내가 안내 역할을 맡겠다."고 자청해 나섰다.

동천에 일찍 솟은 태양을 등에 업고 머리를 서쪽 바다로 틀었다. 외로이 홀로 서 있는 풀잎 모자를 쓴 외돌개 앞을 지나면서 순조로운 출발을 했다. 잠시 후 중문 앞바다에 수려한 병풍처럼 세워놓은 주상절리 앞을 지난다.

기수 돌고래가 "저기를 보라." 하며 신의 솜씨로 정성들여 칼로 깎아 세운 것 같은 아름다운 절경을 가리킨다. 주상절리의 절경에 덕남은 벌린 입을 다물지 못했다.

　기수 고래가 해설을 이어갔다. "저기 웅장하게 우뚝 솟은 산
은 산방산이며 태고에 한라산이 화산폭발 하면서 용암덩어리
가 여기까지 튕겨 산방산이 되었다."고, 그리고 "산중턱에 있
는 굴 안에는 부처님을 모시고 있는 '산방굴사'가 있다."고 하
였다. "산 아래에는 용의 머리처럼 용암이 흘러내린 형체를 한
용머리 해변이 있어 절경이다."고 해설하였다.

　그리고는 "저기를 보라, 푸른 앞바다에는 형제처럼 사이좋
게 나란히 섬이 마주보고 있다." 하자, "정말! 그렇게 보인다."
고 덕남이가 응답하였다. "그래서 이름을 형제섬이라 한다."고
하자 "정말로 형제가 나란히 서 있는 것처럼 보인다."고 덕남
이와 동료 고래들이 이구동성이다.

　이번에는 송악산을 가리킨다.

"저기 뻥 뚫린 구멍은 진지동굴인데 일제 강점기에 일본군이 주둔하기 위해 파놓은 방공호야. 일본이 패망하기 직전까지 최후의 저항보루였어."

덕남이는 해설사 고래의 설명에 고개를 끄덕인다.

잠시 후 유속 빠른 마라도와 가파도 최남단 섬 사이를 돌아 제주섬 서역에 들어섰다.

한라산 봉우리를 넘어온 태양빛은 눈부시게 부서져 내리며 수월봉 앞바다에 풀린다. 휘어져 돌아가는 화산질의 용암무늬, 흰 물비늘과 어우러진 파란 물결무늬가 황홀하기만 하였다. 덕남이는 이 모든 광경을 가슴에 담으며 덕녀에게 내놓을 자랑거리라고 생각하였다.

수월봉의 수려한 경관을 기점으로 머리를 동쪽으로 돌려 부지런히 달렸다. 잠시 후 오밀조밀한 차귀도에 당도하였다. '독수리 바위'와 '무아도' 사이에서 잠깐 숨을 고르고 각자 간식을 오징어로 챙겼다. 자맥질하는 해녀들의 묘기를 보아가며 휴식을 취하였다.

한라산 정상의 목에 걸친 하얀 구름이 마치 머플러 같았다. 다시 한참을 물살을 가르며 달려 햇살이 반짝이는 아름다운 섬 '비양도(飛揚島)' 앞바다에 당도했다. 해는 중천에 걸려 있고, 갈매기들은 자맥질이 한창인 비양도 해녀들에게 잠시 눈길을 멈춘다.

비양도 연안에서 썰물로 물이 빠지면서 갯바위 끝자락에 할망 해녀들의 쉼터인 '여'(섬의 규모보다 작고, 해초로 가득하며 밀물에 바닷물에 잠기는 용암 바위)가 얼굴을 내밀었다. '여'는 초가집 지붕처럼 많은 해초를 뒤집어쓰고 따스한 봄볕을 만끽하고 있었다.

몇 명의 할망 해녀가 '여'에 올라 쉬고 있다. 바다 위를 날던 갈매기들도 쉼터 '여'에 하나 둘씩 내려앉더니 수십 마리가 되어 사이좋게 논다. 여기서 무임승차는 없다. '여'가 바다에 잠기기 전에 갈매기들이 배설물을 내놓으면 그 배설물은 '여'에서 자라는 해초들의 몫이 된다.

덕남이 일행이 흰 파도를 일으키며 가는 것을 본 해녀가 재빨리 물질을 멈추고 물 위로 고개를 올린다. 오른손에 든 호미를 올리며 크게 외친다.

"곰세기(제주 방언으로 돌고래)들아~ 배알로!"(돌고래의 등지느러미가 배 밑창에 부딪혀 상처입을까 걱정이고, 배와 부딪혀 낚시배가 뒤집힐 염려가 있어 배 밑으로 지나가라는 의미로 배알로! 하고 소리친다)

덕남이가 "해녀님, 고마워요." 하고 다른 고래들을 쳐다보며 "우리 모두 물알(물밑)로 가자!" 하고 물속으로 재빨리 숨는다.

바다에 한가로이 닻을 내리고 있는 고깃배에서는 강태공들이 이물과 고물에서 낚싯줄을 바다에 내리고 물고기 입질에 온 신경을 집중하고 있었다. 그러다가 물고기 입질에 황급히 낚싯줄을 걷어내기에 열을 올린다.

덕남이가 머리를 들어 올려 보니 해가 중천에 떠 있다. 신체

시계가 정오를 정확히 알리고 있다. 다들 점심을 챙길 준비에 나섰다.

저 멀리 수평선에서는 희미하게 바다안개 속에 숨어 있던 '추자도'가 청산도와 거문도 동생 섬들을 일렬로 거느리고 어느새 가까이 다가온 듯 떠 있다. 수일 내 날씨가 바뀔 예고다.

덕남이가
포획되다

　'덕남'이는 휴식을 취하며 대열과 흩어져서 해녀들의 묘기에 심취한다. 수십 명 되는 해녀들이 물 위로 머리를 올렸다가 물 아래로 들어간다. 잠시 후 물 밖으로 내치는 "호-이" 하는 숨비소리를 토해내는 모습은 서커스단처럼 묘기를 부리고 있는 듯했다.

　"지금까지 자맥질은 우리가 전문인데." 하고 '덕남이'도 숨구멍으로 "훅-" "후-욱" 하고 숨을 토해냈다.

　물밑에서 전복, 소라를 어떻게 캐는지 호기심이 일었다. 바닷속에서 해녀들의 거위발 놀이를 보고 신기해하고 있는데, 어느새 소라 하나를 캐고는 호미 든 한 손을 이리저리 흔들며 덕남이 쪽으로 신호를 보낸다.

　덕남이는 같이 소라 캐기를 하자는 신호인 줄 알고 해녀가 있는 쪽으로 다가갔다. 그러나 그것은 해녀가 알리는 위험신

호였다. 덕남이가 영문도 모르고 해녀가 있는 쪽으로 가까이 다가가자 해녀는 작업을 중단하고 "여기는 그물이 쳐져 있다." 하고는 위험하다고 생각했는지 "획" 하고 물 위로 신속히 올라가 버린다.

덕남이가 해녀의 행방을 찾느라 주위를 두리번거리고 있는 순간 주위에 정박해 있던 소형 5톤짜리 동력 어선 두 척이 폭도같이 달려들었다. 몰래 쳐놓은 정치망에 덕남이가 잡히고 말았다.

이 광경을 지켜보던 한 해녀는 허탈함을 삼키지 못했다. 덕남이가 잡히자 물질을 하다 말고 "어-이! 곰세기(고래)가 어선에 잡혔다." 하고 고래고래 소리를 질렀다. 해녀들이 모여들어 어선을 향하여 항의했다.

"이 독한 사람들아! 바다의 대장을 잡아가면 안 된다." 전복을 캐는 호미(제주말 챙빗)를 높이 들어 올리며 소리를 질렀지만 소용이 없었다.

억울하게 잡힌 덕남의 신세를 보고 안내를 맡은 돌고래들은 분노하여 어선 앞을 막고 풀어놓으라고 숨통 분수공으로 물을 뿜으며 시위했다. 소방 호스가 물을 뿜듯 물기둥이 바다 위로 솟아올랐지만 어부들은 눈 하나 끔쩍하지 않았다. 포획을 미리 계책해 놓은 지원선이 도착하자 구원 시위는 속수무책으로 돌아갔다. 하늘의 갈매기나 바다의 고래들 모두, 더 이상 어쩌지 못했다.

덕남이가 그물에서 벗어나려 애를 쓰다 졸도하자 어부들이 회복할 수 있게 조치를 취했다. 포획에 지원된 선박에 의해 작전처럼 화급히 서귀포 퍼시픽랜드 가두리 수조로 운반되었다.

"이곳이 어디지? 하늘도 없고 햇빛도 들어오지 않네." 수족관에서 정신이 든 덕남이가 두려움에 두리번거렸다.

수족관은 소독약으로 간을 친 물로 가득 채워져 있고, 철문과 시멘트 바닥에다 어두침침하고 음침한 환경은 지옥이 따로 없었다. 이리저리 고개 올려 보는 순간

"이게 또 누구야?"

곁에 있는 덕녀를 보고는 깜짝 놀랐다.

「이렇게 두 남매는 지구를 떠난 외계인처럼 바다 생활권을 떠나 육지의 외계권에서 새로운 삶을 시작한다.」

덕남이와 덕녀의 김녕 앞바다 길 안내를 맡았던 돌고래 일행들이 대왕고래가 있는 서귀포 앞바다로 되돌아갔다. 일행은 대왕고래에게 자초지종을 설명하고는 고개를 푹 숙였다. 책임을 다하지 못한 죄책감과 덕남이와 덕녀를 잃은 슬픔이 가득했다.

대왕고래는 돌아온 일행들이 풀 죽어 있는 처지를 안타깝게 생각한 나머지 질책만 할 수도 없었다. 대왕고래가 입을 열었다.

"우리가 이렇게 마냥 슬퍼만 할 수는 없는 일이다."

"지금은 죽었는지 살았는지도 모를 불쌍한 덕남이 남매의 갸륵한 효심을 생각하면 괴롭지만 우리들로서는 해결책이 없다. 둥근 보름달이 입산봉 허리에 떠오를 때 한 달에 한 번씩이라도 덕남이 남매의 조상 혼이 잠들어 있을 김녕 마을 고래수(고래가 갇혔던 물웅덩이) 근처에서 덕남이네를 대신해서 돌아가신 대왕고래님의 넋을 기리도록 하자. 그리고 혹시 덕남이 남매가 살아 있다면 무사히 자유의 몸으로 돌아오기를 기도드리자."

현명한
제돌이의 선택

"이게 어찌된 일이냐? 덕녀가 아니냐."

"덕남아 너는 여기 왜, 너도 잡혀 왔어?"

정신을 차린 남매는 서로 껴안고 한없이 서글픔에 잠겼다.

"사람들이 우리에게 왜 이렇게 모질게 구는지…."

덕녀는 말을 잇지 못하며 닭똥 같은 눈물을 훔친다.

기력이 다 소진된 남매는 지옥의 나락으로 떨어진 것 같았다. 여기서 무사히 나갈 수 있다면 오죽 좋을까만는 방법이 없었다. 덕남이와 덕녀는 수조 안 모퉁이에 맥없이 드러누웠다.

이틀이 지난 후 여(女) 사육사로부터 "제돌아!" "춘삼아!" 하는 소리를 들었다. 생전 처음 들어보는 이름이라 덕남이 남매는 자신들과 관계없는 일이라 생각했다. 기력을 소진할 대로 소진한 남매는 눈 깜작도 않고 요지부동이었다. 여 사육사가

"제돌아!" "춘삼아!" 하고 계속 이름을 불렀지만 누구를 부르는지 관심이 없었다.

그날부터 누가 이기느냐 하는 사육사와의 기 싸움이 시작되었다.

사육사는 첫날부터 가혹한 훈련을 시켰다. 먼저 2주 정도 굶겼다. 가뜩이나 기력이 없는 상태에서 먹은 것이 없으니 온 세상이 빙빙 돌았다. 그러다 보니 조련사의 성화가 귀찮기만 하였다. 눈만 간신히 뜨고 보니 허기진 배를 자극하려고 먹이 그릇을 코앞에 놓고 조련사는 한 발자국 뒤로 물러서 있었다.

십여 일 넘게 굶기면서 죽은 고기 먹기 훈련을 시키는 것이었다. 배 속에서는 뭐든 달라고 아우성이다. 배고픔의 고통이 얼마나 괴로운지…. 지금껏 죽은 생선을 먹은 적이 없지만 어찌하랴. 육신의 욕구를 거절하여 배고픔을 이겨내기란 쉬운 일이 아니었다. 어쩔 수 없이 덕남이가 기력 없이 입을 연다.

"우리 이만 단식을 철회하고 살고 보자."

덕남이 자매는 일보 양보하고 한숨을 돌리고 난 다음 기력을 회복해서 다른 방법을 찾아내자고 작심했다. 꿈을 버리는 것은 삶 자체를 버리는 것이라고 생각한 덕남이 남매는 다음을 기약해야만 했다.

결국 덕남이 자매는 인간들에게 목숨이 달려 있는 노예 처지가 되었다. 사람들이 요구하는 묘기를 잘 해내야 하고 시키는 대로 말을 잘 들어야 했다. 사람들의 욕구를 충족해내지 못한다면 생명이 위험하다고 생각했기 때문이다.

덕남이 남매는 저항의지를 포기하고 개명된 이름으로 재롱 부리며 살기로 마음을 바꿨다. '덕남이'는 '제돌이'로 '덕녀'는 '춘삼이'로 제주 퍼시픽랜드가 지어준 개명(改名)된 이름으로 쇼 공연장에 출연하게 되었다.

"여기에서 나가려고 힘으로 저항해서는 절대 불가능할 것이다. 목숨을 다하여 인간들이 시키는 말을 잘 듣고 재롱도 부리고, 훈련도 잘 받으며 살다 보면 언젠가는 하느님도 무심치 않을 것이다. 그러니 실낱 같은 희망이라도 가져보자."

덕남이는 덕녀에게 다짐하듯 말을 하고는

"춘삼이 누나!" 하고 어색하지만 처음으로 개명된 이름을 불러본다.

"우리에게도 이러한 혹독한 겨울이 지나면 따뜻한 봄이 올 테니까 내일부터는 사람이 주는 물고기도 잘 받아먹고 개명된 이름으로 살아가자." 하였다.

이처럼 절박한 상황에서 살아남기 위해 재롱을 무기로 탈출구를 찾아 나선 것은 '제돌이의 현명한 선택'이었다.

묘기 훈련과
공연

제돌이네가 쇼 공연장에 입소한 후 2주간 죽은 생선 먹기 적응 훈련이 끝나자 처음으로 기초 훈련에 들어갔다. 첫날부터 기초 훈련 담당 조련사가 고기통(먹이통)을 갖고 나타났다.

"제돌이!" "춘삼이!" 하고 이름을 부르더니 생선 조각을 하나씩 휙! 휙! 제돌이와 춘삼이 앞으로 던진다(훈련을 시작한다는 신고식이다). 제돌이와 춘삼이가 얼른 던져주는 고기를 받아먹자 물 위를 껑충껑충 점프하라고 첫 손짓을 한다.

제돌이가 먼저 점프하자 뒤따라 춘삼이도 점프를 했다. 그리고는 계속하여 반복 연습이 강요되었다. 이렇게 훈련이 시작되면서 점차적으로 새로운 묘기 훈련으로 이어졌다. 이번에는 수중 발레처럼 꼬리 춤추기를 춘삼이부터 시작하도록 지시를 내렸다. 뒤이어 제돌이가 따라 하고 번갈아가며 반복 연습이 계속되었다. 다음 순서는 훈련을 잘해내겠다는 응답으로 조련사와 정답게 악수 인사하기가 이어졌다. 조련사와의 악수하는 교감은 친근함을 과시하는 수단이었다.

계속해서 며칠 동안 반복 훈련이 고달프게 이어졌고, 어느 정도 익숙해 가자 이번에는 고난도 묘기인 홀라후프를 주둥이에 걸어 돌리기에 들어갔다. 정말 힘든 훈련이었다. 이어 공중 회전을 하기까지는 수개월이 걸렸다.

조련사로부터 훈련을 받을 때마다 힘든 고역이지만 어찌할 수 없이 살아남기 위한 투쟁이었기에 모든 것을 감수해야만 했다.

훈련은 점점 고난도 묘기로 발전해 갔다.

다음에는 세워진 막대기 높이만큼 점프하기가 시작되었는데 제돌이가 먼저 하고 다음은 춘삼이 차례였으나 좀 힘들어했다. 여러 번 반복해서 겨우 해내었으나 점점 높아지는 막대를 넘는 것은 힘에 겨웠다.

그 다음으로 조련사가 농구공을 가지고 나타났다. 조련사가 공을 던지면 그 공을 받아 그물 골대에 집어넣는 훈련을 했다. 결코 쉬운 훈련이 아니었다. 실패할 때마다 계속된 훈련은 멈출 줄을 몰랐다.

"다시." "또 다시."

훈련은 장기간 이루어졌다. 반복소리가 귀청을 때리는 가운데 잘 받아낼 경우는 호루라기 휘슬을 불고 특식을 던져주었다(특식은 항상 죽은 생선이었지만 받아먹고 나니 허기진 배 속을 달래주었다).

훈련 종목마다 짧게는 며칠, 길게는 몇 주 동안 계속되었다.

한 가지 묘기가 익숙해지면 다시 새로운 묘기를 익혔다. 훌라후프를 공중으로 던지면 높이 점프하여 그 훌라후프를 목에 걸고 몸을 꼿꼿하게 세우기와 배영으로 이어지는 고강도 훈련이 계속되었다.

계속된 훈련에 제돌이보다 춘삼이가 힘들어했다. 제돌이가 조련사에게 춘삼이를 좀 쉬게 해주었으면 하고 간청하자 간간이 오후 시간 훈련은 쉬도록 배려는 해주었다. 그리고 뛰어오르기를 훈련하고 나면 힘이 떨어져 기력 충전을 위해 잠깐씩 휴식이 주어지기도 하였다.

마지막으로 위험한 묘기 중 하나는 좁은 공간에서 조련사를 등에 업고 한 몸 되어 달리는 것이다. 이때 조련사는 말을 탄 기수처럼 호강을 한다. 그러나 이 위험한 묘기는 춘삼이를 빼고 제돌이만 했다. 이 묘기는 고도의 집중력과 체력이 필요하기 때문이다. 훈련 도중 사고가 날 뻔했던 적도 있었지만 실수 없이 무사히 끝났다. 제돌이는 안도의 숨을 내쉬었다.

각종 묘기 한 동작 한 동작이 끝낼 때마다 특식이 주어졌고, 특식은 묘기를 완벽하게 해내기 위한 수단이 되었다. 이렇게 여러 가지 힘든 훈련을 익히느라 6개월이 걸렸고, 마침내 묘기 공연에 투입되었다.

공연장 입구에는 "기대하시라. 제주 바다의 젊은 사나이 제돌이 남매의 멋진 첫 공연" 하고 플래카드가 걸려 있다. 공연장 안에서도 실내 방송이 요란하다.

"제주 바다의 젊은 사나이 '제돌이' 남매의 멋진 첫 공연이 열립니다. 기대하시라!"

공연시간이 가까워지자(오후 1시 첫 공연시간) 공연장은 빈자리 없이 만석이 되었다.

"제돌이가 나옵니다."

방송이 나가자 공연장 단상 중앙에 서 있는 조련사가 목소리를 높인다.

"제돌이, 춘삼이 나와라!"

"삐" "삐" 휘슬을 두 번 분다.

"제돌이, 춘삼이 화이팅!"

관람객의 뜨거운 환영을 받으며 제돌이와 춘삼이가 좌우 문으로 꼬리 흔들며 배영으로 미끄러지면서 공연장에 얼굴을 내민다. 조련사의 양옆에 자리한 제돌이와 춘삼이가 긴장한 표정을 감춘 채 조련사의 "차렷! 경례!" 하는 호령에 따라 설레설레 꼬리재롱 인사를 한다. 공연장 안은 박수소리로 넘쳐났다.

박수가 끝나고, 조련사의 "묘기 시작!" 하는 호령이 떨어지자마자 조련사가 던져주는 생선을 얼른 받아먹고는 제돌이와 춘삼이가 동시에 풀장 수면 위로 몸을 곧추세워 한바탕 춤으로 재롱을 부린다. 박수갈채가 이어지고, 제돌이 남매는 다음 순서인 배영을 시작하였다. 다음으로 이어지는 묘기는 입부리에 훌라후프를 걸어 돌리기를 하였고, 동작을 마치자 몸을 곧추세우고 인사를 하였다. 조련사가 던지는 공 받기에는 혹시나 놓칠까 긴장되었지만 실수 없이 잘 받아냈다. 이처럼 실수 없는 묘기진행이 계속되자 관람석에서도 "잘한다." "멋지다!" 하며 환호성이 터진다. 제돌이가 멋진 꼬리춤 재롱을 하였다. "고기를 주라." "고기를 주라." 하고 관객들의 함성이 터진다. 눈치 빠른 조련사가 재빨리 물고기 조각을 "휙" "휙" 던져주자 제돌이와 춘삼이가 멋있게 받아먹었다. 또다시 관객들의 박수가 터지고 제돌이 남매는 "고마워요." 하며 고개 올린 채 꼬리를 빙빙 돌리는 재롱으로 답례하였다.

조련사가 막대기를 준비했다. 점프로 막대기를 뛰어넘는 묘기를 선보일 차례다. 조련사가 막대기를 세우자 제돌이가 멋지고 시원하게 뛰어넘는다. 제돌이의 육중한 몸이 물속으로 "첨벙" 소리를 내며 잠기자 관중석은 다시 한 번 탄성과 함께 힘찬 박수가 쏟아졌다.

마지막으로 제돌이와 여 조련사가 한 몸이 되어 물 위를 달리는 수중 쇼가 시작되었다. 제돌이가 여 조련사를 등에 업고 수중 질주를 시작했다. 제돌이가 조련사를 꼬리 힘으로 공중으로 던지는 동시에 왈츠를 추자 "야! 멋지다." "끝내 준다." 하는 감탄사와 박수소리가 장내를 진동하였다.

제돌이 남매는 주말마다 공연을 했고, 하루 몇 시간씩 땀 흘린 공연이 끝나면 휴식 시간이 주어졌다. 제돌이 남매는 이 시간을 놓치지 않고 하느님께 간곡히 기도를 올렸다.

"앞으로 우리 남매에게 어떠한 큰 어려움이나 고통과 시련이 닥친다 해도 참고 견딜 수 있는 용기와 능력을 주십시오."

"제돌이의 꿈은 바다입니다." 하며 물속으로 깊이 잠수하고 나서 물 밖으로 높이 점프하면서 의지를 불태웠다.

주말마다 반복되는 공연은 다람쥐 쳇바퀴 돌 듯 계속되었고, 고통을 참으며 2년여 동안 고된 생활을 하고 있었다.

바다와 이별한 채 세월이 어떻게 흘러가는지도 모르고, 계절이 바뀌었는지, 며칠이 지났는지조차 모르고 살며 제돌이는 무정한 세월을 원망했다. 그러나 여성의 섬세한 감정을 가진

'춘삼이'가 있어서 다행이었다. 춘삼이는 공연장에 입장한 관객들의 옷차림을 보고 계절이 바뀌는 것을 감지해 냈다. 관객들의 옷이 봄, 여름, 가을, 겨울로 넘어가고 다시 봄 옷을 입고 오면 한 해가 넘어가는지를 짐작했다.

서울대공원으로
이송

한동안 시간이 어떻게 흘러갔는지 먹는 나이도 가늠하지 못했다. 쇼가 없는 시간에는 오직 전등불만 있는 좁은 공간에 갇힌 가련한 신세였다. 제돌이는 자유 의지를 박탈당한 채 매일같이 쳇바퀴 돌듯이 공연장에서 기계처럼 반복되는 강압된 공연에 출연을 해야만 했다. 그리고 약 2년간의 서귀포 퍼시픽랜드 쇼 공연장의 고달픈 생활을 마감하고 좀 더 넓은 서울대공원 쇼 공연장으로 옮겨졌다.

차와 비행기를 이용한 서울로의 이송은 참기 힘든 고통이었다. 끝까지 희망을 놓지 않으려는 의지로 참아내었다. 서울에서도 제주에서처럼 바다 없는 공연장은 매한가지였다.

그러나 제주 퍼시픽 공연장은 바다 인근에 있어 바닷물 냄새라도 맡을 수 있었지만 서울대공원은 제주보다 넓지만 바닷물 냄새를 맡을 수 없는 절벽 공간 구조였다. 출연 공연 진행

종목은 제주 퍼시픽랜드와 비슷하게 짜여진 시간에 연출해야만 했다. '제돌이와 춘삼이'는 새로운 환경에서 어떻게 살아야 할지 걱정되었다.

"춘삼이 누나! 이렇게 넓은 곳으로 오게 되니 기분이 어때?"

제돌이가 춘삼이에게 묻자 "너는?" 하고 되묻는다.

"글쎄. 좀 대우가 달라질까? 살아 있는 물고기라도 한번 맛있게 먹어 봤으면 좋겠어."

"큰 기대는 하지 말자."

남매는 서울로 오느라 아침에 출발해서 점심시간을 넘기고 있는데 처음 보는 여(女)조련사가 먹을 것을 갖고 왔다.

시장기 가득한 제돌이가 "감사합니다." 하며 덥석 받는다. 옆에 있던 춘삼이도 받았지만 먹는 것을 주저한다. 제주에서 먹던 죽은 생선과 별로 다르지 않은 식사였다. 춘삼이가 먹지

않자 제돌이가 "어떻게 해. 배고프니까 먹어야지." 하며 시식을 했다. 죽은 생선이지만 맛이 제주에서와는 전혀 다르다. 고기 통 아래에는 얼음이 깔려 있었다. 제주 고기는 싱싱한 바다 향기가 가득하지만 서울 물고기는 얼음 냉기 가득한 냄새가 난다. 배가 고프니 어쩔 수 없이 먹었지만 배탈이 났다. 음식과 물이 달라져서인지 춘삼이도 마찬가지로 배탈이 났다.

조련사와 담당의사는 공연에 차질이 있을까 걱정하며 며칠 동안 춘삼이와 제돌이의 상태를 관리했다. 덕분에 몸은 나아졌지만, 고달픈 공연장 훈련이 시작되었다.

잠시 눈을 감으니 지난 시간들이 스쳐갔다. 고달프고 힘든 하루가 지나면 내일은 좋은 날이 오겠지 하는 기대를 품어본다.

두 남매가 서울대공원에 입소하여 한 달 동안의 훈련을 끝나는 날 수족관 내실로 들어갔다. 점잖게 보이는 선임 돌고래 '금등이'와 풍채 좋은 '대포'가 쉬고 있었다. 입소 10년 선배인 '금등이'가 신입생인 '제돌이'와 '춘삼이'를 반갑게 맞아준다.

"너는 언제 들어왔어?" "이름이 뭐지?"

금등이가 입소 신고를 받는다.

제돌이가 잠시 머뭇거리자 곁에 있는 성질 급한 대포가 얼른 끼어든다.

"이젠 우리와 같은 처지이고, 같은 고향 형제들이니까 겁먹지 마." 하고 거들어준다.

그제야 제돌이가 숨을 몰아쉬고 입을 연다.

"우리는 제주에서 여기 온 지 1개월 정도 되었고요, 나는 덕남이고 이쪽은 내 누나 덕녀예요. 제주 퍼시픽랜드에서는 나를 제돌이로, 누나는 춘삼이로 불렀어요." 하였다.

금등이와 대포가 고개를 끄덕이며 "참으로 안타깝게 되었다. 우리들과 같이 고생하게 되었구나!" 하며 위로하자 제돌이는 밝은 표정으로 고개 숙여 인사한다.

"앞으로 형님으로 모시겠습니다. 형님들, 어려운 묘기를 많이 가르쳐 주십시오."

대포가 먼저 화답했다.

"걱정하지 마. 너희가 얌전하고 건강하게 보이니 우리가 힘닿는 데까지 도와주겠다."

제돌이 남매는 천군만마를 얻는 기분이다. 제돌이와 춘삼이가 "감사합니다." 하고는 같이 인사를 하였다. 이때 새로운 돌고래 '복순이'가 내실로 들어왔다. "제돌이네가 왔구나. 반갑다." 하고 나서, 금등이에게 인사를 하며 "나도 제돌이네와 같이 많이 가르쳐 주십시오." 하며 끼어든다.

서울대공원
쇼 공연

　제돌이와 춘삼이는 서울대공원에 입소하고 3개월 동안의 고된 훈련기간을 마치고 본격적인 공연에 나섰다.

　서울에서의 첫 공연이 시작되는 날이다. 담당 조련사가 처음 공연에 출연하는 제돌이와 춘삼이의 몸 상태부터 점검했다. 제주 서귀포 퍼시픽 공연장에서 숙달된 묘기와 재롱으로 관객들에게 인기 만점일 것이라는 기대를 하며 몸 상태를 꼼꼼히 체크해 나갔다.

　공연의 성패는 출연 고래들이 얼마나 열심히 하느냐에 따라 인기몰이가 되고 담당조련사의 권위도 높아진다. 드디어 제돌이와 춘삼이 팀 공연시간이 다가왔다. 오후 첫 번째 순서였다.

(시간대별로 교체 출연이 된다/ 11:00, 13:00, 15:00, 16:30, 17:30)

　서울에서의 첫 공연을 맞는 제돌이와 춘삼이는 바짝 긴장했다. 공연장 2,500여 석의 관람석은 빈자리 없이 초만원이다.

공연장 내 여성 안내원 목소리가 흘러나온다.

"제주 서귀포 퍼시픽랜드 출신 명 묘기장 제돌이와 춘삼이 남매의 첫 공연을 기대해 주십시오!"

웅성거리던 관람석이 일시에 조용해진다. 공연 시작을 알리자 담당 조련사가 긴장된 얼굴로 나타난다. 공연 개시 벨을 삑–삑 두 번 불고 나서 "제돌이, 춘삼이 나와라!" 한다. "어린이들도 따라 하세요!" 조련사의 말이 떨어지자 "제돌아" "춘삼아" "나와라!" 함성이 터진다.

공연장 좌우 귀퉁이에서 꼬리 재롱을 부리며 제돌이와 춘삼이가 나온다. 조련사의 "경례!" 구령이 떨어지자 고개 들고 꼬리를 설레설레 흔들며 인사를 한다. 관람석에서는 박수가 터진다.

제돌이와 춘삼이는 공연시작 전 물고기 하나씩 받아먹고는 동시에 풀장으로 몸을 던진다. 봄 바다에 숭어가 뛰듯 물 위를 점프하였다. 묘기 순서는 쉬운 것부터 시작되었다. 제돌이가 주둥이 주변에 훌라후프를 걸어 돌렸다. 곧이어 춘삼이 차례가 시작되었고 차례차례 서로 이어 받으며 묘기를 부렸다. 공받기와 세워놓은 막대기를 뛰어넘기까지 실수 없이 마무리하였다.

다음 순서로 농구공 던지기와 배영이 멋있게 이어졌다. 관람석에서 아이들이 "먹이를 줘!" "먹이를 줘!" 하고 외쳐대자 조련사가 재빨리 먹이를 휙! 휙! 던져주었다. 춘삼이와 제돌이의 꼬리 흔들기 재롱이 이어지고 또다시 박수소리가 터졌다.

이처럼 제돌이, 춘삼이와 조련사 그리고 관객이 하나 되어 성황리에 서울에서의 첫 공연이 거의 마무리되었고, 관람객의 찬사가 공연장을 가득 채웠다.

이번에는 마지막을 장식할 여(女)조련사가 말을 타듯 제돌이의 등에 올라타고 수중질주가 벌어졌다. 이때 제돌이는 꼬리 힘으로 '획' 하고 등 위의 조련사를 멋지게 던지고 난 후 재롱하듯이 왈츠를 추자 "멋지다!" "멋져!" 장내는 흥분의 도가니가 되었다. 공연이 끝나자 여기저기서 제돌이 남매의 이름을 연호했다.

제돌이 팀이 묘기가 끝날 때마다 꼬리를 흔들며 재롱을 하자 제돌이네의 인기가 최고가 되었다.

"제돌아, 안녕!" "춘삼아, 안녕!" 하는 소리와 함께 흥겨운 공연 시간이 끝났다.

다음 공연으로 이어갈 다른 팀이 쉬고 있는 한쪽 휴게소에서는 조련사의 거친 기합소리가 문밖으로까지 들린다.

곧 다음 시간에 교체해 들어갈 공연 팀에서 소란이 벌어진 것이다. 공연 예정이던 돌고래 한 마리가 송장처럼 눈을 감고 움직이지 않는다. 공연은 지연되었고, 사태를 수습하고자 긴급 조련사 회의가 열렸다. 어쩔 수 없이 휴연 결정이 났다.

"죄송합니다. 진행에 차질에 생겨 잠깐 공연이 중단되었으니 잠시만 기다려주십시오!"

안내 방송이 나가자 일부 관람객은 입장료 환불 소동을 벌였다. 다급해진 주최 측이 다시 안내 방송을 한다. "잠시만 기다려주시면 멋진 제주 사나이 제돌이 팀으로 대체 출연 하겠습니다. 기다려주시면 감사하겠습니다." 한다.

"야! 제돌이가 또 나온데!" 공연장의 분위기가 일신되었다.

제돌이는 서울대공연장 안에서 재롱으로 인기 만점이었다. 관람객뿐만 아니라 조련사들도 젊고 건강한 체질에 묘기도 실수 없이 척척 해내는 제돌이에 대한 칭찬을 아끼지 않는다.

제돌이는 다른 고래와는 차원이 몇 십 보 앞선 사고(思考)와 꿈을 가지고 있었다. 인간들과의 격의 없는 소통으로 사랑을 받고는 있지만 어떻게 하면 꿈을 이루어 낼까 하는 고민을 하였다. 제돌이와 춘삼이는 "꿈엔들 잊으랴." 하고 고향바다에 대한 그리움으로 하루하루를 극복해 내고 있었다. 그렇게 2년이 지나고 제주에서의 보낸 2년을 더해 고향바다를 떠난 지 4년이 지나가고 있었다.

제돌이에게 행운이 오고, 마지막 공연

가을이 가까워지자, 제돌이의 바다 향수병이 다시 도졌다. "까룩" "까룩" 하는 갈매기 울음소리며 "호-이" "호-이" 하는 해녀들의 자맥질 숨비소리까지 귓가에 들리는 듯했다. 심지어 고향바다에서 먹던 물고기 맛까지도 입속을 맴돈다.

춘삼이도 몸이 쇠약해지면서 자주 꿈에 시달렸다. 어젯밤 꿈에는 "수평선에 솟아오른 한라산 봉우리를 향하여 가는데 바다 대왕거북이가 나타나 길을 안내하는 꿈을 꾸었다."고 제돌이에게 말했다.

그러자 제돌이도 "나도 좋은 꿈을 꿨는데." 하며, "좋은 꿈은 남에게 말하거나 파는 것이 아닌데!" 하고 뜸들이고 난 후에 용기를 내어 말하였다. 위풍당당한 대왕 할아버지가 나타나서는 "착한 손자들아! 그동안 얼마나 고생을 하였느냐." "앞으로 고생을 마치고 곧 풀려나 고향바다로 가게 될 것이다."고 하였으며, "용왕님께 착한 손자들이 풀려나게 해달라고 매일같이 청원하였으니 응답이 곧 올 것이다."고 하였다는 것이다.

제돌이는 꿈에서 "대왕 할아버지에게 '감사합니다.' 하고 답례하다가 잠이 깼다."고 한 다음 "어때? 네 꿈보다 좋지?" 하고 자랑했다.

남매는 서로의 꿈 이야기를 하며 새로운 변화가 올 것 같은 예감이 들었다.

그때 여자 조련사가 제돌이와 춘삼이를 부르며 들어왔다. 지금까지와는 사뭇 다른 어투다.

"이제부터 내 말 듣고 놀라지 마라. 방금 좋은 소식이 왔는데 너희들의 소원인 갈매기 노닐고 해녀가 자맥질하는 푸르고 넓은 제주바다 고향으로 돌아가게 될 거야."

"이게 무슨 기적이냐!"

눈이 휘둥그레진 제돌이는 춘삼이를 껴안고 한동안 감격했다. 기쁨에 겨워 눈물이 솟아올랐다. 온 세상 천지에 이런 기쁨이 또 있을까! 하늘이 착한 제돌이 남매에게 새 생명을 준 거라고 생각하고 제돌이와 춘삼이는 공연 때보다 더 높이 하늘을 찌를 듯 힘껏 물을 차고 점프하였다.

공연이 끝난 제돌이는 혹시 꿈을 꾸고 있는 것은 아닌지, 고개를 이리저리 흔들어 제정신인지 아닌지를 검증이나 하듯 한다. 그리고 꿈인지 생시인지 자기 볼을 꼬집어 본 다음 옆에 춘삼이에게 다가가서 지금 우리가 꿈꾸고 있는 것은 아닌지

하고 오른손으로 눈을 비비며 확인한다.

제돌이가 벌떡 몸을 곧추세우며 "이젠 살았다!" "살았어!"하고 힘껏 신나는 포즈로 곧추서는 묘기를 부리고서는 큰소리를 내며 '춘삼이'를 얼싸안고 "우리가 풀려난다는 것이 헛말은 아니겠지?" 한다.

"우리는 살았다. 만세!"

또 한 번 제돌이가 크게 외치며 무거운 몸을 물속으로 풍덩 던졌고, 그 영향으로 하얀 물 파편이 시원하게 치솟았다. 그러면서도 '혹시 이렇게 찾아온 행운이 잘못되기라도 하면 어쩌지?' 하는 걱정도 들었다. 인고의 시간이 드디어 멈추고 4년이란 질곡의 세월을 벗어나 자유의 몸이 되고 지난 영어의 시간에서 해방되리라는 기대가 이루어지기를 간절히 바랐다.

썰물과 밀물이 뒤바뀌는 자연의 순리처럼 제돌이에게도 밀려오는 행운이 액운을 밀어내려는 듯하다.

드디어 제돌이의 마지막 서울 공연이다. 그간의 서울 관객들과의 뜨거운 애정 속에서 재롱이 넘치는 '제돌이' 남매의 마지막 공연은 지금까지 못 보던 흥분의 도가니장이 되었다. 안내방송이 나가고 공연이 시작되었다.

"오늘 마지막이 될 제돌이 남매의 공연이 곧 열립니다. 많이 기대하여 주십시오."

묘기는 흥분 속에서도 질서 있고 순조롭게 진행되었다. 마지막 작별인사 시간이 기다리고 있었다. 풀장에는 초봄의 쌀

쌀한 날씨에도 마지막 작별 순간을 보기 위해 자리를 가득 메운 관람객들의 응원이 쏟아진다.

〈제돌아 축하한다! 제돌아 안녕! 신나게 잘 살아!〉라고 써진 피켓을 든 아이들이 고사리 손을 흔들며 '아리랑'이 자연스럽게 장내를 메운다. "아리랑 아리랑 아라리오"에 이어 잠시 후 누가 먼저 시작했는지 "제돌아!" "고향 바다에서 다시 만나자!" 하고 외치자, 이는 곧 우렁찬 합창이 되어 터졌고, 제돌이는 잠수를 하였다가 힘을 모아 하늘 높이 힘껏 점프한다. 제돌이가 떨어지는 물보라가 높이 솟은 흰 파도 조각이 철석 하며 바위에 부딪치는 것처럼 마지막 작별인사로 마무리되었다.

「'하늘을 나는 새에게도 고향은 하늘이 아니라 땅이다.' 하늘을 훨훨 나는 새들이 땅을 다시 아니 볼 것처럼 땅을 잊고 날아가는 것 같지만 항상 고향이 그리워 땅에 내려오기를 간절히 바라며 날아가는 것이다.

　돌고래들도 수조에서 사람이 주는 생선을 받아먹으며 사람이 시키는 대로 묘기만 해내면 편히 살 수 있으며, 고향을 잊고 살아가면 된다고 하지만 고향인 바다로 가고자 하는 간절한 꿈을 막지는 못한다. 고향을 찾는 귀소본능과 자유를 갈망하는 것은 생명체가 가진 강렬한 본능이 아닐까?」

제돌이의 바다로의
귀환

　제돌이 남매는 서울대공원을 출발하여 항공기와 무진동 차량으로 제주로 왔다. 운반선과 들것 등에 실려서 6시간여 만에 한라산이 굽어보는 고향바다 김녕 앞바다 가두리 훈련장에 도착했다. 바다 냄새가 어머니의 젖가슴처럼 포근하게 다가왔다.

　잠시 후 암실 덮개가 활짝 열리는 순간 제돌이는 만장굴처럼 캄캄한 긴 동굴 터널을 빠져나왔다. 가슴이 확 트이는 기분이다. 온 천지가 내 세상 같았다.

　눈앞에 4년 만에 보는 첫 햇빛이 오뉴월 소낙비처럼 쏴— 하게 쏟아져 내린다. 눈이 부셨다.

　이게 얼마 만에 느끼는 하늘과 바다인가! 맑게 갠 하늘 아래 우뚝 서서 반겨주는 한라산! 마파람을 타고 살랑이는 바닷물 냄새가 코앞에 가득하다. 이제야 살 것만 같았다. 고향바다의 해초가 토해낸 짭짤한 생수(生水)맛이 이렇게 좋을 줄 몰랐다.

새로 태어난 기분이다. 이제는 죽어도 한이 없을 것 같았다.

제돌이는 힘껏 하늘로 점프를 하였다. 무거운 몸을 풍덩하게 바닷물에 던진다. 흰 포말이 하늘로 시원하게 솟구친다. 제돌이가 4년 만에 처음으로 온몸을 바다에 던지며 흥겨움을 표현했다.

구름이 노니는 높은 하늘 아래 맑게 개인 한라산이 보이고 먹이 풍부한 푸른 바다엔 갈매기가 떠들썩하니 해녀들이 반가워한다. 참으로 이곳이 제돌이가 꿈꾸던 고향 바다였다.

제돌이의
야생적응 훈련

제돌이가 바다로 돌아가기에 앞서 야생적응 훈련이 시급해
졌다. 제돌이 야생방류시민위원회에서는 우선 환경조건이 적
합한 곳으로 제주 김녕 앞바다를 정했다. 아름답고 청정하기
로 소문난 김녕 앞바다는 마을 동편 오른쪽에 입산봉(삿갓오름)
과 서편 왼쪽에 묘산봉(괴살뫼오름)이 길게 뻗어 마을 중심으로
양 어깨를 펼친 듯 넓은 만(灣)을 형성한다. 거친 바다 물살을
잠재우고, 먹이가 풍부하여 만 안으로 들어온 장소는 고래의
안식처가 되는 최적의 조건을 갖춘 곳이다. 야생적응 훈련 시
기는 바닷물 수온이 쇼 공연장 수조의 수온과 비슷한 6, 7월을
택했다.
　22일간의 가두리 훈련 목표 일정은 3주간(7일×3주+1(퇴소일))
으로 정하였다. 첫 주는 환경적응 훈련기간으로, 둘째 주에는
기억을 되찾는 데 중점을 두었으며, 마지막 주는 자력으로 살

아있는 물고기를 잡는 생활하기 훈련으로 짜여졌다. 가두리 훈련장의 그물 안 면적은 쇼 공연장보다 넓어 활동에 지장이 없는 크기이며(지름 30미터, 깊이 7미터), 그물 밖과 안은 바닷속 환경이 같으면서 그물은 단지 경계망 역할을 할 뿐이었다. 효율적인 훈련을 이수하기에 최적의 여건이 마련된 것이었다.

환경적응
훈련

　하늘에는 조각구름이 떠 있고 한라산이 오랜만에 수려한 얼굴을 내밀고 있었다.

　김녕 앞바다 야생적응 훈련 가두리 안에 제돌이와 춘삼이가 사이좋게 자리를 잡았다. 옛 조상 대왕고래의 영혼이 잠들어 있는 고래수가 있는 곳 근처이다. 김녕 마을 두 오름 앞바다 농꽹이 바당(돌고래가 노는 바다)은 옛 사연들을 간직한 채 조용히 제돌이 남매를 맞이해 주었다. 악몽 같은 제주 서귀포와 서울대공원 쇼 공연장에서의 4년이란 고통의 세월을 이겨낸 후에 얻어낸 감격적인 기쁨(苦盡甘來)이었다.

　"하느님, 감사합니다." "대왕고래 조상님 감사합니다."
　제돌이와 춘삼이는 물 위를 뛰어오르는 점프를 하며 감사 인사를 수시로 표현했다.

　오랜만에 보는 붉게 타오른 석양의 장엄한 장관에 넋이 나
갔다. 그리고 곧 이어서 올라온 둥근 보름달이 보였다. 얼마
만에 보는 달인가 하고 눈을 크게 뜨고 고개 올려 달을 쳐다보
았다. 제돌이와 춘삼이는 충만한 기쁨으로 김녕 바다에서 첫
밤을 맞이하였다. 두 남매는 너무나 행복했다.

기억 되찾기
훈련

다음날 제돌이의 머리 위로 해가 지고 있다. 저녁 노을을 보다 보니 깊이 잠들었던 기억들이 되살아나기 시작한다. 잠시후 동천에 방금 올라온 둥근 달을 보고 초승달과 반달도 있었지 하고 기억을 되살려 본다. 정말 이곳이 '내가 살았던 세상이야.' 하고 얼마나 그리워했던지 깊이 숨어있던 기억들이 떠오르면서 바다에 돌아왔음을 실감했다. 그렇게도 매일 온 세상을 훤히 밝히던 태양이 있었고, 보름에 한 번씩 떠오르는 밝은 달과 캄캄한 밤에 총총히 반짝이는 수많은 별빛과 북두칠성 등, 이제야 제자리에 온 기분이다.

제돌이가 "우리가 이렇게 멋진 세상을 보는 것이 몇 해 만이냐!" "참 아름답구나." 하자 물 밖으로 몸을 고쳐 세우는 '춘삼'이도 "정말 아름답구나. 오랜만이다." 하고 응답하였다.

고향 바다의 기억을 되살리는 훈련에 들어갔다. 고등어, 넙치 등 먹이를 스스로 찾는 훈련이 이어졌다. 그동안 수족관에 갇혀 있을 때는 조련사가 주는 먹이를 수동적으로 먹기만 했 었는데 이제는 예전처럼 스스로 먹이를 잡아야 한다. 제돌이 의 훈련을 지켜보던 갈매기들도 "까룩" "까룩" 소리를 내며 가 두리 하늘을 휘젓는다.

갯바위를 때리는 하얀 파도와 하늘로 솟구치는 포말을 보는 것도 기억을 되찾는 데 큰 도움이 된다. 그렇게 보고 싶어 했 던 해녀들의 자맥질하는 모습까지. "야!" "저기 보인다. 해녀 님! 안녕." 예전 기억들이 되살아난다.

"밀물과 썰물이 교체되는 순간으로 하루 두 번씩 번갈아 생 기는 바다 조류가 잠을 자는 정조(靜潮) 때가 있었구나. 밀물에 서 썰물로, 썰물에서 밀물로 넘어가는 시간이 있었지. 참 고마 운 바다야."

제돌이가 혼잣말을 내뱉고 나서 지나온 삶에 대해 반추한다.

"내가 사람으로 다시 태어날 수만 있다면 독한 어부는 절대 싫고 선한 어부가 되어 많은 고기를 잡아보기도 하고 또 요트 선장이 되면 넓고 푸른 바다를 마음껏 돌아다니고 싶다."

제돌이의 말에 춘삼이도 지그시 감았던 눈을 뜨면서 말을 한다. "내가 다시 태어난다면! 나는 하늘을 훨훨 나는 갈매기 가 되고 싶고, 혹시 사람으로 태어난다면 꼭 한번 해녀가 되어 바다 속 전복이랑, 소라, 성게 등 많은 것을 캐고 싶어." 하고 흥분이 섞인 소리로 말했다.

제돌이와 춘삼이의 기억이 점점 회복되고 있었다.

장마철이 다가오자 한라산을 넘어온 습기 찬 마파람이 오랜만에 푸른 바다를 식힌다.

'비가 오려면 한라산은 머리에 구름 모자를 쓰고, 햇무리가 생기며, 바닷물에서는 비린내가 풍기고 색깔도 검게 변한다. 달빛이 밝으면 날씨가 좋고, 아주 밝으면 가뭄이, 며칠씩 흐린 빛이 이어지면 궂은 날씨가 예상된다. 달빛과 별빛이 반짝거리면 바람이 크게 일게 된다.'는 옛 조상들로부터 들었던 이야기들이 떠올랐다.

이미 돋은 지 오랜 둥근 보름달이 바다를 은빛 물비늘로 수놓고 있다. 가두리 훈련장도 달빛으로 넘쳐난다.

달빛을 보려고 제돌이가 한번 멋지게 점프하고 나서 춘삼이에게 "나처럼 한번 멋지게 점프하고 밝은 달을 보라."고 재촉한다. 춘삼이도 신나게 점프하고 난 다음 "내일도 날씨가 좋겠다."고 일기예보를 한다.

제돌이와 춘삼이는 인간들에 의해 4년이란 오랜 세월 고향 바다와 단절되었던 동안 잊혀진 기억의 파편들을 빠르게 되찾게 되었다.

고기잡기
자활 훈련

　바닷물에 첨벙 하고 몸을 던지는 순간 바닷물이 좀 차가웠지만 어머니 품 안처럼 포근했다. 살아있는 바다. 이제야 정말 살 것 같다.

　'금강산도 식후경'이다. 제돌이와 춘삼이는 싱싱한 먹을거리를 맘껏 즐겼다. 처음 먹어 보는 음식처럼 입에 넣는 순간 입안 혓바닥 세포가 살아나는 것 같다.

　"싱싱한 생선을 직접 잡아서 먹는 맛이 최고야."

　본능이 서서히 발동한다. 이렇게 살아있는 고기가 입으로 들어가니까 제맛이 난다. 우선 입만 벌려도 멸치는 입 가득 들어왔고, 자리돔은 잡기가 쉬웠다. 날쌔게 도망치는 고등어와 전갱이는 잡기가 힘들었다. 제돌이와 춘삼이는 궁리 끝에 합동 작전을 폈다. 춘삼이가 고기를 몰면 앞에 대기해 있던 제돌이가 앞을 막아 얼른 잡고, 다음엔 제돌이가 몰고 춘삼이가 잡아챈다.

부드러운 한치, 오징어 잡기는 식은 죽 먹기지만, 눈만 내밀고 모래바닥에 숨어있는 넙치는 찾기가 힘이 든다. 모래 바닥을 세심하게 찾아보는 춘삼이가 "저기 있다." 하고 눈만 살짝 내민 곳을 가리킨다. 제돌이가 잽싸게 잡는다. 그리고는 씹지 않고 그대로 삼키니 속이 든든하다. 하지만 검은 먹물을 토하는 놈들도 있어서 잡기가 만만치 않았다.

4년 만에 처음 맞는 고향 바다에서 어머니의 품처럼 포근하고 장엄한 한라산과 갈매기들의 한가로운 날갯짓, 해녀들이 자맥질하는 풍경까지 모든 아름다운 장면을 만끽하며 소중한 자유를 향유한다.

제돌이 남매에게 생긴 가장 큰 변화는 지금까지 인간들에게 빼앗겨 통제받던 자유의 시간을 되찾은 것이었다. 이제 제돌이는 수동적인 삶에서 능동적인 삶으로 탈바꿈하기 시작했다.

꿈을 찾아 한라산이 자리한 제주 김녕 앞바다에서 환경 적응하는 일을 비롯하여 예전처럼 날씨도 예측하는 기억들을 되찾는 일, 살아 있는 고기를 스스로 잡아먹는 자활능력 찾기와 새로운 꿈을 향하여 도전하는 일에 혼신을 다했으며, 이를 즐겼다.

어느새 훈련기간 3주가 눈 깜짝할 사이에 쏜살같이 지나고 졸업할 날만을 남겨놓게 되었다.

4년만의
재회

돌고래 한 마리가 가두리 훈련장 그물 밖에서 그물 안을 두리번거리다 조용히 "덕남아!" 하고 낮은 소리로 부른다.

"내가 왔다. 너, 덕남이 아니냐? 저기 덕녀도 있네. 참 오랜만이다."

"우리가 헤어진 지 얼마만이냐! 나는 4년 전에 너희들이 어부에게 잡혀 갈 때 현장에 같이 있었지."

4년 전 서귀포 앞바다에서 길 안내를 맡았던 돌고래 한 마리가 덕남이와 덕녀를 아는 체한다.

"내 이름은 '농꽹이'이고 저 애는 '성세기'라 하는데 농꽹이 바당(바다) 지킴이가 되면서 대왕고래가 지어준 이름이지. 요 며칠 전에 제돌이와 춘삼이가 여기 농꽹이 바당 가두리 훈련장에 온다는 소식을 듣고 너희들이 오기만을 기다렸어.", '김녕 앞바다 지킴이 8총사 나머지를(삿갓이, 괴살뫼, 가스콧, 목지콧, 한

여, 소여) 차례대로 방문할 계획' 중에 들렸다 한다.

"너희들 몸은 좀 말랐어도 성숙해 보인다. 그동안 얼마나 고생을 많이 했어?" 하고 덕남이와 덕녀에게 위로의 말을 건넨다.

"대왕고래에게 속히 알려 풀려나는 날 여러 친구들하고 같이 찾아와서 환영하겠다."

제돌이가 다음 달 7.18 오후에 출소하게 된다고 조용히 귓속말을 했다.

"저기 사람들이 보인다. 오늘은 이만 돌아가겠다. 그동안 훈련이나 잘 받고 있어. 안녕."

친구 돌고래는 다음에 만나자는 인사를 남기고 서둘러 떠났다.(이미 가두리 훈련장 주변에 무려 8차례나 제주 돌고래 친구들이 고맙게 방문해 주었고 세 차례나 가두리까지 와서 정겨운 교감이 있었다고 한다. 〈2013.7.19. 조선일보 A14 "남방큰돌고래 제돌이 춘삼이 고향바다로."〉 그리고 2011년 기준 114마리의 남방큰돌고래가 제주 연안에서 서식하고 있는 것으로 파악되고 있다. 〈2013.7.19. 제민일보〉)

덕남이네가 제주바다로 돌아왔다는 소식은 제주바다의 터줏대감인 대왕고래에게 전해졌고 대왕고래는 감격한 나머지 제주바다의 고래 전원에게 다 모이라고 명령하였다.

"덕남이 남매가 이제 곧 풀려나게 되어 얼마나 반가운 일인지 모르겠다."

대왕고래의 얼굴 주름살이 환하게 펴진다. 하루속히 편을
짜서 김녕 앞바다 가두리 훈련장을 찾아 그동안의 고생을 위
로하라는 명을 내린다.

다음날 아침 서귀포 앞바다에 대왕고래 일행 30여 마리가
삽시에 모였다. 이른 새벽에 출발한 대왕고래 일행은 자정을
훨씬 넘겨서 김녕 앞바다 가두리 훈련장에 도착했다. 드디어
4년 만에 덕남이 남매를 만났다.

"대왕고래님 이렇게 먼 길을 찾아오셔서 감사합니다."

친조손(親祖孫) 간의 애정이 넘치는 만남처럼 북받쳐 오르는
감정은 "감사합니다. 감사합니다." 하는 말을 연발케 했다. 두
남매는 동시에 물 위로 점프하며 찾아와 준 고래들에게 반가
움의 표시를 하였다.

"그동안 하늘도 보이지 않는 수족관에서 감옥에 갇힌 듯 얼
마나 힘들었느냐? 안 보는 사이 너희들이 많이 컸구나."

대왕고래는 피와 땀과 눈물을 쏟아 자유를 얻게 된, 그리고
고향바다로 돌아와 조상에게 성묘하게 된 꿈 같은 기적을 일
으킨 덕남이 남매의 용감함을 높이 칭찬했다.

"여기서는 며칠 있다 풀려나게 되지?" 하고 대왕고래가 묻
자 덕남이가 "다음달 7.18일까지 훈련이 끝나면 풀려납니다."
하였다. 22일 후에 풀려난다는 덕남이의 이야기를 듣고 대왕

고래는 한 번 더 당부한다.

"그러면 그동안은 조상에 못 다한 성묘를 하며 넋을 위로해 드려라." 하였다.

"넷! 그렇게 할 계획입니다. 이처럼 소망이 이뤄진 것도 오직 대왕고래님의 염려와 배려 덕택입니다." 하고 고개 숙이며 인사를 한다.

제돌이는 대왕고래를 만난 기회를 놓칠세라 용기백배하여 간청을 하였다.

"옛날 이곳에서 터줏대감으로 살았던 우리 조상 대왕고래님이 어떻게 살다 돌아가셨는지 전해오는 유언으로 대략 알고 있었지만, 좀 더 자세한 내용을 알고자 합니다." 그리고 "조상님께 성묘를 하려는데, 어떻게 하면 좋을지 가르쳐 주시기 바랍니다." 하고 간곡히 말하였다.

제돌이는 오래전부터 가지고 있던 의문을 풀고 싶었다.

제돌이의 조상에 대한 효심에 감동한 대왕고래는 잠시 눈을 감고 숨을 고르고 나서는 예전부터 내려오는 구전(口傳)의 보따리를 더듬어 조심스럽게 풀어놓기 시작했다.

"그 옛날 그대의 조상은 김녕 앞바다를 지키며 멸치 떼를 몰고 와 농괭이 바당에 대박 어장과 갯바위 원담에 갯벌 어장 풍년들을 만들곤 하였다. 마을 사람들로부터 고마움과 사랑을 듬뿍 받고 큰 덕을 베풀며 살고 있었다. 어느 날 밀물에 밀려 갯바위까지 들어왔다가 그만 바다가 쳐놓은 그물, 물웅덩이(고래수)에 갇히게 되었다. 온 마을 사람들이 백방으로 구명에 나섰으나 허사가 되었다. 때마침, 예년보다 앞당겨 찾아온 소한(小寒) 절기 혹한에 귀한 생명을 잃게 되는 운명을 맞이하게 되었다."

대왕고래는 잠시 눈을 지그시 감고 상념에 잠겼다가 조심스럽게 말을 이었다. 차마 대왕고래의 사체가 관(官)에 의해 기름을 짜며 훼손된 슬픈 사연과 짜낸 기름 상납량을 미달시킨 죄목으로 관에 옥살이하는 마을 책임자들을 구하기 위해 마을 사람들이 대대로 내려오는 마을 농장을 팔아야 했던 사연은 차마 말을 할 수가 없었다. 제돌이가 상심할까봐 그저 사체가 산화되었다고만 하였다.

대왕고래는 제돌이의 태도를 살피며 성묘 이야기로 화제를 바꿨다.

"너희 선조 대왕고래님은 생전에 김녕 마을 앞바다의 터줏대감으로 있었기 때문에 그동안 인연이 된 옛 사람들의 넋 수천 기가 잠들고 있는 아름다운 삿갓오름(입산봉)에 그 넋이 같이 묻혀있을 것이다. 그러니 조상의 넋이 묻혔을 방향을 향해 성심성의를 다해 성묘하는 것이 좋겠다."고 하였다.

제돌이는 대왕고래의 이야기를 마음속 깊이 새기며 감사의 큰절을 올린다.

"대단히 감사합니다. 저승에서도 이승에서처럼 이 고장 마을 조상의 영혼들과 사이좋게 상부상조하며 같이 살고 있을 것 같은 예감이 들어 위안이 됩니다."

"지금까지 마음 깊이 담고 있던 너희 조상에 대한 모든 것을 다 말하고 나니 나도 한결 속이 가볍다. 오늘은 이만 하고 너희가 풀려나는 날 찾아오겠다. 그동안 열심히 훈련도 받고 조상에게도 성묘를 잘 하라."

대왕고래는 사랑하는 손자에게 말을 하듯 작별인사를 하고 떠났다.

옛 조상과의
대화

 22일간(2013.6.26 ~ 7.18)의 야생 적응 훈련 기간 중 제돌이 남매는 남태평양에서 출발하기 전부터 꿈꾸어 왔던 감격스러운 순간을 맞이하였다.

 "그동안 오랜 세월 찾는 이 없이 외롭게 계셨던 대왕고래 할아버지 안녕하셨습니까?" "손자 손녀 덕남이(제돌이)와 덕녀(춘삼이)가 이렇게 오랜만에 찾아왔습니다."

 제돌이와 춘삼이는 대왕고래가 갇혔던 고래수 앞에서 엄숙하게 인사를 했다.

 "그렇게도 찾고 싶어 했던 삿갓오름(笠山峰)과 괴살뫼오름(描山峰)이 나란히 있는 마을 앞 농괭이 바당(바다)과 조상이 갇혔던 '고래수'가 있는 곳에 와 있습니다."

 "아름다운 두 오름이 자리하고 먹이가 풍부한 살기 좋은 이곳을 찾아나선 지 4년 만이며, 꿈에만 그리던 이곳을 찾게 된 행운은 오직 하느님이 주신 선물이라는 생각으로 감개무량합니다."

제돌이는 지난 시간을 떠올리며 흔들리는 목소리로 말을 마친 뒤 다시 한 번 큰소리로 "왕할아버지, 손자 손녀가 찾아왔습니다." 했다.

두 남매는 그동안 응어리진 설움과 분통함을 배에 가득한 물과 함께 숨통으로 시원하게 토해 낸다. 속이 후련해진다.

'타향도 정들면 고향인데 앞으로 두 오름이 있는 먹이도 풍부한 이 마을 앞바다에서 터줏대감이 되어 멋지게 살고, 김녕 마을 바다를 지켜주기를 부탁하노라.' 하고 대왕고래 할아버지가 말해주는 것 같았다.

"행운은 우리 편이 되어 조상님이 최후를 맞이했던 고래수 갯바위 앞에 와서 성묘하게 되었습니다. 꿈 같은 소원을 풀고 자유의 몸이 되어 무사히 고향으로 돌아가게 됩니다."

제돌이는 진중한 목소리로 말을 계속 이어나갔다.

"대왕고래 할아버지도 부디 오래오래 생전처럼 이 마을을 지키는 수호신이 되어 이 마을과 함께 영생하시기를 간절히 바랍니다. 우리도 앞으로 조상님이 못다 한 일들을 이어받아 조상님의 은혜에 감사하고, 해마다 성묘할 것을 약속드리면서 떠나갑니다."

제돌이의 말이 끝나자 춘삼이도 마지막 인사를 올린다.

"이젠 편안히 잠들고 안녕히 계십시오."

제돌이 남매는 점프로 성묘를 마치고 물기둥을 높이 쏘아
올린 후 유유히 물을 가른다.

김녕
마을에서는

김녕 마을에서는 며칠 전부터 쇼 공연장에 잡혀 있던 돌고래들을 바다로 돌려보낼 가두리 훈련장이 들어선다는 소문이 온 마을로 퍼져 나갔다. 오랜 옛날 구전되어 오는 마을 앞 농괭이 바당에 터줏대감으로 있던 대왕고래가 갇혔던 갯바위 고래수 옆이라고 하였다.

"왜 우리 마을로 장소를 정하였을까? 정말 신기한 일이다."

마을 사람들은 무슨 인연이나 숨겨진 곡절이 있을 법한 생각을 갖게 되었다.

마을 박 이장은 8개 동장들을 대동하고 제돌이와 춘삼이의 새 출발을 축하해주기 위해 훈련장을 찾았다. 박 이장은 160여 년 전 박효자(덕천)의 몇대손이나 될 법한, 대대로 마을 지도자를 도맡아 하는 집안의 후예다. 그래서인지 이날따라 감회가 남달랐다.

박 이장은 신(神)의 가호가 있어 옛날 마을 앞바다에 터줏대 감으로 있던 대왕고래 조상의 넋이 고이 잠들어 있는 이곳 '고 래수'를 제돌이 남매가 찾았다고 생각했다. 그렇게 생각하게 되자 조상의 넋을 위로하고 성묘를 마치고 자유의 몸이 되어 고향으로 돌아가는 제돌이 남매가 기특하기만 하였다.

"제돌이 남매가 찾아와서 조상의 넋을 위로하니 그대 조상 의 혼이 있다면 얼마나 반가워하겠나. 참으로 기특하고 인간 도 상상키 어려운 훌륭한 효행에 감동이 되는구나. 나의 조상 도 효자로 명성이 높지만 우리 마을도 효자마을이니 자네들과 도 인연인 것 같구나."

"건강하게 잘 살아라!" 하고, "다시 찾아온다면 우리 마을 앞 바다 농꽹이 바당을 지키는 터줏대감이 되어 달라."고 한다.

마을 안에서는 내일이면 제돌이네가 가두리 훈련장에서 바 다로 풀려난다는 소문이 돌았다.

한 할망 해녀가 이웃 상군해녀(물질 잘하는 상급해녀)에게 귀띔을 한다.

"내일(7.18) 오후면 앞바다 '소여' 옆 가두리 훈련장에서 곰세 기(제돌이네)가 훈련을 끝내고 바당(바다)으로 방생하는 환송식을 한다네. 옛 조상 때부터 해녀들하고 곰세기들과 갈매기는 농 꽹이 바당의 친구들인데, 해녀 몇 명이라도 '소여'에 나가 환송 이라도 해주어야 할 것 아닌가." 하였다.

「여(嶼): 제주에서는 용이 못 된 이무기처럼 섬에 자격 미달된 것을 '여'라고 한다. 용암이 바다에 흐르면서 단절된 소규모 무인도 섬이다. 김녕 가스곶 옆에 한여(漢嶼, 정구장 두 배 넓이)가 있고 제돌이의 가두리 훈련장 옆에 소여(小嶼, 정구장만큼의 넓이)가 있다. 서쪽 인근 북촌 마을 앞바다엔 제주에서 가장 큰 달여(達嶼, 축구장만큼의 넓이)가 있다.

바다가 밀물일 때는 많이 잠겼다가 썰물일 때 몸체를 드러내며 '여'에는 톳, 돌미역 등 흔한 해초가 풍부하고, 갯바위 해초 속에는 소라, 전복, 보말, 오분자기, 성게 등 많은 해산물이 보고를 이룬다.

주로 할망 해녀들이 물질하는 바다가 되기도 한다. 바닷물이 빠져 몸체를 드러낼 때는 할망 해녀들의 쉼터가 된다. 그리고 갈매기를 비롯한 온갖 바다 잡새들의 쉼터도 되는데 새들의 배설물은 해초들에게는 양분이 된다.」

상군해녀가 맞장구를 친다.

"맞습니다. 그러면 시간에 맞춰 나가기로 하겠습니다. 마침 물때도 조금이 되어 아주 좋습니다."

다시 할망 해녀가 말을 보탠다. '그러면 우리만 가는 것도 좋지만 갈매기들은 어떻게 할지' 묻는다.

상군해녀가 잠깐 뜸들이다 말한다. "그것은 방법이 있습니다. 과자 몇 봉지만 가지고 가서 하늘에 던지면 금세 몰려올 것입니다."

할망 해녀가 해녀들을 모아 놓고 이야기를 시작한다.

"묘하게도 제돌이네 가두리 훈련장이 옛 대왕고래가 갇혔던 고래수와 가까운 장소인 것을 보면 제돌이네가 대왕고래의 자손 같은 생각이 든다. 너희들은 어떻게 생각하느냐?"

할망 해녀의 말을 듣고 해녀들도 한 마디씩 쏟아낸다.

"말을 듣고 보니 신기한 생각이 듭니다."

"우연의 일치인지 모르나 무슨 숨겨진 곡절이 있어 훈련장이 고래수 곁에 정해진 것 같기도 합니다." 하고 해녀들도 모두 동조하였다.

제돌이
고향바다로

제돌이네가 드디어 4년여 만에 고향바다로 풀려나는 날이 다가왔다. 맑게 갠 한라산도 머리에 한 점의 흰 구름 모자를 쓰고 환영에 나섰다.

22일(2013.6.26. ~ 7.18.)간의 가두리 훈련을 마치고 고향으로 돌아가는 마지막 날이 밝았다. 감개가 무량하다.

제돌이가 물 위로 고개를 들어 인사를 한다.

"하느님 감사합니다. 이런 세상이 올 줄은 꿈에도 몰랐습니다. 다시 태어나는 기분입니다"

제돌이 남매는 감격한 나머지 닭똥 같은 눈물을 흘린다.

춘삼이(덕녀)는 인간들과의 마지막 작별을 앞두고, 앞으로 벌어질 일이 초조한지 제돌이에게 시선을 멈춘다.

"제돌이 등에는 1자 표식을 하얗게 찍어 놓았네." 하자 제돌이도 "춘삼이 등에 2자를 새겨 놓았네. 사람들이 우리를 찾기 쉽게 찍었나 보다." 하며 서로 말을 나눈다.

동녘 가스곶에 높이 세워진 풍력 날개가 호수의 아침 안개처럼 해수면 바닥에 찰싹 붙어 잠들어 있는 안개의 아침잠을 깨우느라 활기차게 돌아가고 있었다.

금세라도 옛 조상 대왕고래가 잠에서 깨어날 것만 같은 고래수(옛 대왕고래가 갇혔던 물웅덩이)가 말없이 조용하기만 하다. '구전(口傳)'을 간직한 오랜 세월을 다 삼킨 듯 무정하다.

제돌이가 환송 나온 방류 팀을 향하여 물 밖으로 고개 들어 "꾸욱, 꾸욱" "감사합니다. 감사합니다." 하고 재롱을 한다. 방류 팀에서도 제돌이 남매에게 살아있는 고기를 던져주며 작별인사로 마무리했다.

인근 목지곶 자락에서는 방류 행사의 일정에 따라 많은 축하객들이 모인 가운데 '제돌이의 꿈은 바다였습니다'는 제목으로 역사적인 기념비 제막식이 있었다. 높이 2.15미터, 가로 1.05 미터, 폭 0.8미터 크기의 현무암 비석이 세워졌다.

〈제돌이 야생방류기념비 비문〉
전면: "제돌이의 꿈은 바다였습니다"
후면: "'나에게 자유를 달라'는 자유 수호의 고귀한 외침은 잡힌 지
　　　4년(2009~2013)을 서울, 제주 돌고래 쇼 공연장에서 많은 고

생을 재롱으로 참고 견뎌낸 '제돌이' '춘삼이'의 아름다운 승리였다" 2013. 7. 18 세움(한라일보 2013.7.19.)〉

한여름 가득한 7월의 염천에 제돌이 남매가 고향바다로 귀향하는 것을 환영이나 하듯 희고 검은 구름들이 파도와 함께 몰려오기 시작했고, 바다도 긴장했는지 잠잠했던 물결이 조금씩 넘실거린다.

떠날 시간이 되자 아쉬운 춘삼이가 제돌이에게 말을 건다.
"저기 벌써부터 우리들을 환송하러 많은 사람들이 찾아왔으니 답례로 먼저 우리들이 고개 올려 인사하고 떠나자."
춘삼이의 말을 들은 제돌이가 즉각 물을 박차고 고개를 들어 "그동안 고마웠습니다." 하며 행동으로 옮긴다. 뒤따라 춘삼이도 "참으로, 감사합니다." 하고 해녀들이 하던 대로 물밑으로 조용히 사라졌다. 오후 4시경에 벌어진 역사적인 순간이다.
마침내 시간이 임박해 가자 가두리 훈련장에서는 개문(그물코 열기) 행사를 진행하게 되었다. 백여 명의 환송객은 500미터쯤 떨어진 뭍에서 고깃배를 타고 바다로 나왔다. 그들은 조용히 그물코 여는 쪽에 시선을 주었다. 다들 숨죽이고 조용하다. 시선이 그물코에 멈췄다. 남쪽 방향의 그물 끈을 풀었다.
제돌이가 춘삼이에게 소리친다.
"가두리 그물코가 열린다."
"정말이네 그물이 열리고 있네"

제돌이 남매는 그물이 열리는 쪽으로 재빨리 달려왔다. 춘삼이 멀쩡한 눈을 비비며 사실을 확인한다. 그물이 서서히 소리 없이 열리자 밖인지 안인지 구별되지 않는 느낌이다. 20여 분을 머뭇거리다 제돌이가 용기백배하고 먼저 넓은 세상을 향하여 거보를 내딛는다.

드디어 그렇게 갈망하던 자유를 향한 문이 열리면서 기다리던 기자들이 카메라 세례를 쏟아낸다. 인간과의 마지막 작별의 순간은 이렇게 막을 내리기 시작한다.

"야호! 제돌이가 먼저 나간다."

제돌이가 좌우로 열린 그물 밖으로 첫발을 내딛자 저 멀리 깊은 곳의 용왕님도 환영해주는 것 같다. "이제부터는 자네들 (제돌이네)이 영원히 자유를 만끽하며 살아갈 세상이 바로 여기 일세." 하고 양팔을 벌려 포옹해 주는 듯했다. 잠시 후 '춘삼이' 도 뒤돌아보지 않고 제돌이를 쫓아 나섰다.

제돌이 남매는 22일간의 정들었던 가두리 훈련장을 뒤로하고 해녀와 갈매기가 기다리고 있는 소여로 향하기로 하였다.

소여 끝자락에는 해녀 상군, 중군, 하군이 혼성된 이십여 명과 할망 해녀 몇 사람이 제돌이네 환송에 나섰다. 물 빠진 소여 등에 가득한 해초도 제돌이네를 환송하듯 갯바위 자락에서 너울춤을 춘다. 하늘에도 수십 마리 갈매기들이 떼 지어 소여 주변에 모여 제돌이 남매를 환송했다.

 제돌이 남매의 활기찬 출발이 시원하게 바다를 가른다. 하늘과 바다가 확 트인 대로가 열리고 4년간의 긴 터널을 벗어나게 되었다. 진정한 자유를 얻게 된 것이다. 인간과의 마지막 작별의 순간에 이어 잿방어 떼 무리들도 앞에 와서 환송하는 아름다운 군무(群舞)를 펼친다. 그리고 두 오름(입산봉, 묘산봉)과 고래수가 있는 농괭이 바당을 깊이 기억에 담고 '다시 만날 때까지 안녕!' 하며 인사를 건넨다.

 「제돌이 남매가 고향바다로 돌아가는 기쁨을 공유하기 위한 환송에는 각계 각층의 관계기관과 단체, 마을 이장과 동장을 비롯하여 100여 명이 배를 몰고 와 현장을 지켜보았다.(제민일보 2013.7.19.)」

 소여에 모여든 갈매기들의 움직임도 바빠지기 시작한다. 소여 끝자락에 모여 있는 해녀들이 제돌이네 나오는 길목을 기다린다. 바다에서 한가롭게 낚시를 즐기던 고깃배들도 환송에 나선다.

상군 해녀 한 사람이 "저기 제돌이네가 온다." 하고 소리치자 일제히 가리키는 쪽으로 시선을 돌린다. 또한 상군 해녀가 "반갑다" "물알로!" "물알로!" 또 한 사람이 "제돌아! 오래만이다. 반갑다" 중군, 하군, 해녀들도 다투어 말을 한다. "다시 만나자!" 할망 해녀도 입을 연다. "잘 가거라!" "건강하게 잘 살아라!"

"배 알로!" "배 알로!" 낚싯줄을 놓아버린 낚시꾼이 양손을 흔들어댄다. 모두 제돌이 남매가 바다에서 거침없이 생활해나가길 기원한다.

한라산이 붉게 타오른 석양빛을 온몸으로 맞으며 방긋 웃는다.

애정어린
작별

그동안 4년여의 시간을 지내면서 제돌이네와 여(女)사육사는 미운정 고운정이 들었다. '지옥에도 천사가 있다' 하듯이 정을 잠재우기는 쉬운 일이 아니었다. 그동안 함께했던 시간들은 작별의 순간이 되자 평생 잊지 못할 추억으로 기억되었다.

"우리 아이들." 하고 제돌이 남매에게 애정을 쏟으며 4년여를 온실 속(수조 사육장)에서 돌보다 이제 거친 바다로 보내는 마음은 어린 자식을 물가로 내놓는 어미 마음일 것이다.

사육사의 염려와 달리 제돌이에게 거친 바다는 생명이 숨 쉬는 자유로운 삶의 터전이었다. 그리고 바닷물은 생명수다. 그러므로 바다가 아닌 자연과의 단절된 세계가 어찌 제돌이 남매가 살 수 있는 세상이란 말인가?

「던져주는 먹이는 스스로 잡아먹는 고기맛과는 천양지차인 것처럼 자유가 몰수된 상태에서의 사육사와의 우정은 삶과 분리된 박제된 환경을 합리화하기 위한 한 방편일 수 있다. 그러나 애정은 사람이나 동물에게나 구별 없이 우정처럼 다가와 삶의 윤활유가 되어준다.」

　제돌이 남매에게 여사육사와의 애정은 사뭇 다르게 다가왔다. 감성이 풍부한 여성인 춘삼이는 제돌이에게 깊은 정을 가지고 있는 여사육사와의 작별을 위로하자고 하였다.
　"4년을 돌봐주고 무사히 바다로 돌아갈 수 있게 도와줘서 감사합니다."
　그러자 여사육사는 일언지하로 아니라고 한다.
　"처음 잡혀올 때부터 수 주일 단식하는 극한 상황에 빠지면서 시작된 고생으로 얻어낸 보람이었고, 묘기와 재롱으로 고기 한 점 더 얻어먹어가며 연명하였기에 오늘이 온 것이다. 자유를 찾아 고향바다로 돌아가는 구사일생(九死一生)의 호기를 얻는 꿈을 이뤄낸 것 모두가 너희들의 공으로 얻어낸 보람이다."
　"우리(사육사)는 오직 자기 직업에 충실했을 뿐이고 크게 덕을 베푼 것도 배려한 것도 없다."고 한 다음, "이제 와서 생각해보니 보다 따뜻한 정으로 너희를 사랑해줄 것을 하고 후회해본들 이미 시간은 지나가 버렸다. 이제 너희들 편이 되어 그동안 너희들을 무조건 복종을 시키기 위한 훈련도 후회가 된다." 하였다.

　양심은 사육사를 움직이게 하여 이별의 전날 응어리를 풀기 위해 남몰래 가두리 훈련장을 찾아 작별 인사를 하였던 것이다.

"제돌아!" "춘삼아!" "잘 가거라!" "이 바다는 너희들의 고향이다. 안녕!"

"사육사 누나!" "언니!" 하고 부르며 제돌이와 춘삼이는 나란히 고개를 들어 올리고 "감사하였습니다!" "고마웠습니다!" 하고 마지막 작별 인사를 어둑해진 바닷물 위로 던진다.

붉은 저녁 노을 석양에 비친 붉은 해는 홍시처럼 수평선 쟁반에 얹혀 있었다.

동료 고래들과
같이 살다

　제돌이가 풀려날 때를 놓치지 않고 지키고 있던 제주 터줏 대감인 대왕고래 일행이 찾아와 가두리 훈련장이 개문되는 시간에 맞춰 환영에 나섰다.

　제돌이(덕남이)와 춘삼이(덕녀)가 그동안 정들었던 가두리 훈련장을 뒤로하고 고개를 높이 올리며 "감사합니다." "고마워요." 를 연발하며 환영 대열의 앞을 힘차게 빠져나가는 순간이었다. 대왕고래 일행은 제돌이 남매와 이별하는 게 아쉬웠다.

　"거칠고 먼 바다 태평양으로 고생하며 돌아가지 말고 그동안 정들었던 우리들과 같이 사는 것은 어때?" 하고 앞을 막고 나섰다.

　"옛 조상이 살던 먹이도 풍부하고 따뜻한 제주 바다와 아름다운 한라산을 쳐다보면서 자유를 만끽하고 조상에게 성묘도 매년 하면서 평화롭게 살아가자." 대왕고래를 비롯한 고래들이 덕남이 남매에게 권하였다.

뜻밖의 제안에 남매는 당황스러워 서로 얼굴만 쳐다보며 입을 열지 못했다. 한참 생각을 하던 덕남이가 덕녀에게 입을 연다. "어떡하지?"

덕녀가 곧바로 대답하였다.

"하늘이 베풀어 주신 호기에 부응하는 것이 좋을 듯해. 고맙게 승낙하자!"

감성이 많은 덕녀가 조르자, 덕남이는 발동이 더딘 남성 돌고래이지만 태평양의 친구들과는 4년이란 오랜 세월을 떨어져 있었기 때문에 그 거칠고 넓은 바다에서 어떻게 찾아 나설지 망설여지던 참이었다. 마침, 조상 대왕고래도 딴 곳으로 가지 말고 조상이 살던 이곳 농쾡이 바당(돌고래의 바다)에서 터줏대감이 되라고 했었다. 행운의 여신이 손짓하는 것이라는 생각이 스쳐간다.

"타향 바다도 정이 들면 다 고향바다인 것을 4년이란 긴 세월을 좁은 공간에서 살아 왔는데 알고 보면 바다가 다 고향이다. 이제 제주 친구들의 따뜻한 배려와 의리 있는 바다갈매기며 다정한 해녀들이 있는 제주 바다에 정이 들었다. 그 옛날 조상이(대왕고래) 살던 곳이며, 아름다운 한라산과 푸른 바다가 있고 먹이가 풍부한 이곳이 제2의 고향이라고 할 수 있어. 그리고 이런 살기 좋은 천국이 어디 있을까?"

덕남이가 덕녀의 의견에 동의하며 말을 했다.

"그러면 고맙게 승낙하는 표시로 점프하자."고 말을 끝내자마자 둘이 같이 하늘 높이 힘차게 점프한다. 권유에 나섰던 동료 고래들도 기뻐하며 다 같이 점프 쇼를 펼쳤다.

모두 대왕고래 앞에 모였다.

"여러분이 덕남이 남매와 같이 살겠다 하니 나로서도 반가운 일이며 적극 환영한다. 앞으로 옛 조상이 살던 바다에서 살게 되면 제주에서 살고 있다는 뜻을 담아 쉬운 이름인 '제돌이', '춘삼이'로 부르는 것은 어떠냐?" 하였다.

"제돌이라고 불러주시는 것도 좋습니다. 덕녀는 춘삼이로 불러 주십시오."

덕녀의 동의도 구하지 않고 제돌이가 선뜩 대답을 한다. 제돌이 말이 끝나자, 대왕고래가 말을 한다.

"그 옛날 제돌이의 조상 대왕고래가 터줏대감으로 살던 시절은 이곳을 '농괭이 바당'(돌고래의 바다로 불렸다)이라고 불렀다. 지금은 이곳 바다에 멸치 떼가 사라져서 이곳을 지키기가 힘들겠지만 제돌이네 바다로 명명해 줄 터이니 옛 조상이 그랬듯이 열심히 살고 있으면 많은 사람들이 너희들이 성묘하는 착한 모습을 보기 위해 찾아올 것이다."

「옛 선인들은 집단생활을 하는 돌고래나 상괭이를 구별하지 않고 괭이가 노는 바다라고 하여 농괭이바당(바다)라고 하였다.」

대왕고래의 말이 끝나자 제돌이와 춘삼이는 "감사합니다." 하고는 하늘에 닿을 듯이 높이 점프를 하였다.

무수한 여름 해초들로 녹음방초가 우거진 틈 사이로 한가로이 놀고 있는 크고 작은 고기들을 보고 제돌이가 춘삼이에게
"물속 세상이 예전과 달리 이렇게 아름답게 보이니 저 깊숙한 곳에 용궁이 있지 않을까? 우리를 도와준 용왕님을 찾아 감사의 인사를 하고 오자."
제돌이가 신나서 이야기하자 춘삼이도 그렇게 하자고 쾌히 승낙하고는 물속으로 깊이 잠수하고 나서 하늘 높이 점프하며 새로운 삶을 시작하였다.

잡혀 고생했던
이야기

같이 살기로 승낙을 받아낸 호기심 많은 제주의 돌고래 친구들이 제돌이에게 제주 바다에서 어부에게 잡힐 때 상황과 그동안 쇼 공연장 생활에서 고생했던 이야기를 해달라고 졸라대었다. 성화에 못 이긴 제돌이가 마지못해 입을 열었다.

「제주 친구들에게 장차 있을지도 모를 일에 도움과 교훈을 주고자 했다.」

제돌이는 제주 친구들과 같이 사이좋게 살자고 약속하며 들떠있던 상기된 기분을 잠시 잠재우고, 기억해 내고 싶지 않은 지난 4년간에 벌어졌던 일들을 어떻게 다 설명할지 머릿속으로 그려보았다. 그리고는 고통스러웠던 몇 가지 잊을 수 없는 일들을 간추려 이야기하기 시작했다.

"목표 지점인 김녕 바다를 앞두고 점심을 하였고, 해녀들이 자맥질하는 묘기를 즐겁게 보며 마지막 휴식을 하던 순간이었다. 친절을 가장한 포악한 어부들이 미리 친 그물에 걸리게 되었어. 풀어달라고 해녀들이 소리를 치고, 갈매기와 길 안내를 맡은 고래들이 난리를 쳐 보았지만 허사가 되었어. 나는 어부들이 미리 와 있던 지원선을 이용해서 포획을 하는 순간 발버둥 치다가 졸도하고 말았어. 그 이후는 어떻게 되었는지 모르고 깨어나서 정신 차려보니 서귀포 쇼 공연장에 있는 수조안이었어."

제돌이는 잠시 큰 숨을 쉬고는 눈을 감았다 다시 말을 이어갔다.

"당황해서 주변을 돌아보니 곁에는 이미 춘삼이가 있는 게 아닌가. 이게 어떻게 된 일인지 영문도 모르고 두려움에 떨었어. 그리고 억울함과 분통함을 참다 못해 며칠을 단식하다 극한상황까지 갔었고, 그곳에서 이름도 제돌이, 춘삼이로 개명되었다."

춘삼이가 제돌이의 말을 이어받았다.

"우리들은 이렇게 당할 수 없다고 하여 둘이 궁리한 끝에 저항으로 맞서 싸우지 말고 순응하는 작전으로 전환하기로 했어. 재롱을 무기로 위장하여 고통을 이겨내자고 약속하고 단식을 풀기로 하였어."

가만히 듣고 있던 제주 친구들이 "참으로 잘했다. 정말 현명한 판단을 했구나." 하며 제돌이와 춘삼이에게 칭찬을 아끼지 않았다.

"그렇게 하늘도 없고 바다도 아닌 사방이 꽉 막힌 좁은 수조에서 훈련을 받기 시작했고, 아침부터 밤늦게까지 혹독한 쇼 훈련을 하느라 고생이 이만저만이 아니었어. 그리고 쇼를 해야만 했던 그곳에서의 생활은 봄, 여름, 가을, 겨울 사계절이 어떻게 바뀌는지도 모르고 하루가 어떻게 지나가는지도 몰랐어. 그저 주어지는 죽은 물고기를 먹이로 허기를 채울 뿐이었어."

"그렇게 햇빛, 달빛도 없는 낮과 밤이 모호한 공간 속에서 지내다 보니 몸은 점점 약해졌고 비실비실해졌어. 4년이란 오랜 세월 동안 갇힌 채 죽은 고기만을 먹고 살았으니 체력도 떨어지고 점점 향수병에 시달렸어." 제돌이와 춘삼이는 그때를 생각하며 눈물을 흘렸다.

"이젠 자연 적응 훈련으로 옛 기억도 돌아오고, 체력도 좋아져 자유롭고 건강한 생활을 하게 되니 자유가 얼마나 소중한 것인지 깨닫게 되었어." 제주 친구들에게 육지의 공연장에서 우리가 겪은 고통을 교훈 삼아 다들 조심하라고 하는 한편, 자유가 얼마나 소중한 것'인지 깨닫게 되었다고 하였다.

마지막으로 제주와 서울 쇼 공연장에서 각종 묘기를 열심히 해내며 참기 어려운 고통을 고향 생각과 대왕고래 할아버지에 대한 유훈으로 이겨낼 수 있었으며, 옛 조상님과 하느님의 도움으로 기적처럼 행운이 찾아온 것 같다며 술회하고는 말을 마쳤다.

제주의 돌고래 친구들이 숨죽이고 조용히 듣고 있다가

"그렇게 정말 고생스러운 삶이지만 어려움을 극복해낸 정말 아름답고 훌륭한 일을 해냈다."고 다들 칭찬을 아끼지 않았다.

새로운 꿈을 향하여
점프하다

　자유를 찾은 제돌이는 장차 제주 바다가 희망찬 삶의 터전이 될 것이라 확신하고는 평화롭고 훌륭하게 살기 위해 다시 새로운 꿈에 도전하기로 결심한다.

　오랜만에 자유를 찾아 활기찬 삶을 살게 된 '제돌이'는 처음 제주에 도착할 때나 4년이 지난 지금이나 삶은 변하지 않음을 깨닫는다.

　자유를 만끽하며 하늘을 나는 갈매기들이 보다 먼 곳을 보기 위해 높은 하늘을 날며 바다를 살피고 있다. 그리고 친절한 해녀들이 여전히 희망찬 미래를 위해 오늘도 깊은 바다 찬물 속에서 전복과 소라를 따느라 숨이 차서 "호-이, 호오이" 하는 애절하지만 활기찬 숨비소리를 듣는 순간 새로운 삶에 대한 생각들이 샘솟듯 떠올랐다.

제돌이는 밤잠을 설치면서 이 궁리 저 궁리 한 끝에 춘삼이에게 이젠 "우리도 자유를 찾았으니 새로운 희망찬 꿈을 찾아 나서기로 하자." 한다. 자기의 삶의 주인으로 돌아온 책무가 무겁게 느껴졌다. 그리고 "제주 바다는 우리가 앞으로 살아갈 삶의 터전이므로 우리 스스로 지켜내는 푸른 바다 지킴이가 되자."고 결심하였다고 말하였다.

새로운 꿈을 가진 제돌이가 바다 깊숙이 잠수하고는 하늘 높이 힘찬 점프를 한다. 그러고 나서 "우리에게 힘을 보탤 대원 30명을 지원해 달라고 간청하자."고 춘삼이와 의논하고는 대왕고래를 찾아 나섰다.

제돌이를 괴롭혔던 절망의 혹독한 겨울이 지나고 희망의 새 봄이 오는 자연의 섭리처럼, 억압에서 자유를 쟁취한 힘으로 새로운 희망찬 꿈을 향한 바다지킴이의 활기찬 삶을 시작하고자 하였다.

대왕고래는 제돌이의 간청을 듣는 순간 왕부엉이 눈망울처럼 부리부리한 큰 눈을 번쩍 뜨면서 기뻐했다.

"참으로 훌륭한 발상이로구나. 나도 그러한 구상을 가지고 있었지만 누구 하나 이야기하는 이가 없었는데, 제돌이의 훌륭한 꿈이 참으로 기특하고 지금까지 많은 고생을 한 보람이다."

대왕고래는 어떻게 이런 멋진 꿈을 내놓았느냐며 제돌이를 격려하며 추켜세운다.

"쇠뿔도 단김에 빼라는 말이 있으니 오늘부터 바로 실행에 옮기는 것이 좋겠다." 그리고는 다시 엄숙하게 말을 한다.

"그러면 현재 총원 114명 중에서 젊고 신체 건강한 남녀 각각 15명씩 30명을 선발해 줄테니 훌륭한 바다지킴이의 꿈을 이뤄내기 바란다."

대왕고래의 말이 끝나자 제돌이과 춘삼이는 머리를 깊숙이 숙여 절을 하후 하늘 높이 점프를 하였다.

대왕고래는 제돌이에게 "모처럼 이름 지어준 조상의 넋이 잠들어 있는 샷갓오름 앞 제돌이의 바다(농괭이 바당)에 가서는 조상에게 성묘도 열심히 하라."고 말하자 제돌이 남매는 또다시 "감사합니다." "감사합니다." 정중히 머리를 숙였다.

제돌이의 바다지킴이 활동은 동에서 부는 샛바람(東風)을 타고 서쪽 바다로 향하는 바닷물의 질서가 자연의 엄연한 순리라고 생각하고 첫 출발을 동쪽 바다로 잡았다. 태양도 동쪽 하늘에서 떠서 서쪽 하늘로 향하는 것처럼, 바닷물의 흐름도 동에서 서쪽으로 향하고 있겠지! 흐르는 강물도 높은 곳에서 낮은 곳으로 흐르는 진리를 가지고 있듯이, 우리 바다지킴이도 자연의 질서를 따라야 하겠지 하고 생각했다.

동이 트기 시작하자 갯바위가 깨어났다. 하얀 파도가 조용한 갯바위 자락을 치며 잠을 깨운다. 한라산을 넘어온 마파람

도 푸른 바다에 살랑인다.

오늘은 제주바다 지킴이 출발 일정을 짜기 시작했다. 제돌이를 바다지킴이 팀장으로 하는 첫 출발에 앞서 춘삼이 외에 한 지원팀에 남녀 각각 15명씩 신체 건강한 30명이 선발되었다.

먼저 남녀 대원들을 줄을 세우고 점호와 이름붙이기를 한다. 남성 15명에는 제돌이의 이름을 따서 일돌이, 이돌이, 삼돌이 하는 숫자 배열 이름이 지어졌고, 여성 15명에도 춘삼이의 첫머리 이름자를 따서 일춘이, 이춘이, 삼춘이 순서로 이름을 붙였다.

대왕고래는 첫 출발을 지켜보기 위해 아침 일찍부터 나와 있다. 우선 서귀포에서의 첫 출발은 춘삼이가 4년 전에 돌았던 동편 코스인 성산일출봉 앞바다를 돌아서 가는 행로를 잡았다. 춘삼이가 잡히긴 했었지만 이미 잘 알고 있는 바다이므로 길 안내와 경관 해설은 춘삼이가 맡았고, 기수는 제돌이 팀장이 맡았다.

"오늘부터 열정을 다해 제주 바다는 우리가 지켜내겠습니다."

기러기 편대로 출발하며 힘차게 일성을 내놓는다. 이들을 지켜보던 대왕고래는 목청 높여 "제주 바다 지킴이 만세!" 하고는 숨구멍으로 물을 뿜어 첫출발 환송을 멋지게 장식했다.

해녀와
갈매기의 만남

하늘을 나는 갈매기가 앞장선 덕택에 조금 빨리 성산일출봉 앞바다와 우도 사이에 도착했다. 물살이 센 아름다운 검푸른 바다에서 옅은 해풍은 파도를 크게 일으켜 세우지는 못하고 잔잔한 편이었다.

우도 바다 앞 해녀들은 섬 주변 연안 가까이에서 물질을 하기 위해 태왁(부기)을 바다에 수십 개 띄워놓고 있었다. 해설을 맡은 춘삼이와 대원들이 해녀들의 묘기에 눈을 떼지 못한다.

일출봉 앞바다에는 물질을 끝낸 일부 해녀들이 일출봉 끝자락 바위에 오르고 있었다. 나머지 몇몇 해녀들만이 해산물을 캐다 말고 지쳐 "호−이" 하며 태왁(부기)을 잡고 있다.

제돌이 기수가 경관 좋은 일출봉 남쪽 어귀에서 잠시 쉬고 간식하며 해녀들의 묘기 찾기에 나서기로 한다. 제돌이가 접근하며 "해녀님 안녕." 하고 "무엇을 캐고 있습니까?" 하고 친절하게 인사를 한다. 한 해녀가 자맥질을 하다 말고 "우리는 너희들이 잡아먹는 물고기는 관심이 없고 전복이나 소라, 해삼, 성게, 문어 등을 잡는다." 하며 일일이 열거한다. 해녀들의 이야기를 다 들은 제돌이도 "우리도 해녀님들과는 달리 멸치, 고등어, 전갱이, 한치 등을 잡는다."고 말한 뒤 다른 질문을 한다.

"해녀님, 훌륭한 자맥질 묘기는 누구에게서 배웠습니까?"

자맥질 원조 찾기에 나섰다.

"누구긴 누구냐. 어머니한테 배웠지"

"그러면 어머니는 누구에게서 배웠을까요?"

"할머니한테 배웠겠지"

제돌이가 또다시 할머니는 누구한테 배웠냐고 묻고 해녀는 다시 그 할머니의 할머니라고 답하며 계속 조상 끝까지 올라간다. 그러다 제돌이가 해녀에게 깜짝 발언을 한다.

"처음에는 우리 조상들에게 배우지 않았을까요?"

제돌이가 자신있게 말을 하자 해녀도 그 말에 동의해준다.

"처음에는 돌고래들이 자맥질하는 것을 보고 시작했는지도 모를 일이지"

"그러면 자맥질 원조에 우리 조상을 넣어 주세요." 하고 제돌이가 제안한다.

"좋다 그러면 제돌이와 우리(해녀) 조상들 모두가 자맥질 원조라고 하자."

제돌이와 해녀는 "다 같이 자맥질 원조 만세!" "만세!" 하고 즐겁게 웃는다.

　해녀는 제돌이하고 소중한 시간을 보내다 말고 갑자기 덕녀가 생각났다.

　"덕녀(춘삼이 본 이름)가 보이지 않네?"

　제돌이가 잽싸게 '춘삼아!' 하고 부르자 단숨에 달려온 '춘삼이'가 4년 전의 해녀를 알아보고 반가워한다. 이산가족 상봉하듯 해녀의 손에 얼굴을 비비며 반갑게 인사를 한다.

　"이게 얼마만이냐. 그때 덕녀가 맞나? 많이 컸구나."

　해녀가 눈물을 글썽인다. 4년 전 여기서 어부들에게 불쌍하게 잡혀갈 때 풀어달라고 외쳤던 일과 잡혀가는 덕녀가 불쌍해서 눈물을 쏟았던 일들이 주마등처럼 지나간다. 해녀는 춘삼이와 어깨동무한 채 이렇게 건강한 모습으로 다시 만나게 되어 기쁘기만 했다. 지난 세월 어떻게 살았는지 하는 사연들을 뒤로하고, 이젠 이렇게 성숙했으니 결혼도 하고 제주바다 지킴이가 되라고 덕담을 하였다.

　그리고 나서 "해녀님, 안녕." "덕녀(춘삼이)도 안녕." 하며 서로 아쉬움을 달래고 헤어졌다.

　해녀는 제돌이와 덕녀에게 자맥질 엉덩이 작별 인사를 하고는 두 다리를 곧추세우며 물속으로 잠수한다. 제돌이와 춘삼이도 넓적한 꼬리를 올리며 '안녕히' 하며 물속으로 잠수하며 답례 인사를 하였다.

갈매기들은 어떻게 소식을 알았는지 벌써 성산일출봉을 향해 달리는 기러기 편대를 보며 "제돌이와 춘삼이가 언제부터 제주 바다의 터줏대감이 되었지?" 궁금해한다.

"많은 일행을 거느리고 활기차게 달리고 있구나. 정말 놀랄 일이다."

제돌이가 기수가 되어 이끄는 행진에 감탄한 나머지 달리는 편대의 앞과 뒤에서 너울거리며 날거나, 기수 앞으로 하강하여 바다에 내려앉기도 한다. 갈매기들은 춤을 추듯 바다 위를 날아다닌다.

"덕녀야! 오래만이다. 정말 반갑다"

"4년 전에 악독한 어부에게 억울하게 잡혀가서 우리는 지금까지 덕녀가 죽었는지 살았는지도 모르고 까마득하게 잊고 있었는데, 이렇게 살아 돌아와 주었으니 얼마나 반가운지 모르겠다."

춘삼이는 일출봉이 점점 가까워지자 4년 전에 어부에게 잡혔던 악몽이 되살아나는데 다른 일행들은 오로지 일출봉의 웅장한 경관에 빠져 있다.

서쪽바다로
출발

4년 전 길안내를 했던 갈매기와 고마웠던 해녀들을 다시 만나게 되어 지난 회포를 풀다 보니 목적지인 김녕 앞바다까지 갈 시간이 빠듯해졌다. 하지만 넉넉히 쉬었기 때문에 대원들은 체력이 많이 충전되었다. 제돌이와 춘삼이가 다시 출발을 재정비하고 대열을 확인한다.

전 대원이 모이자 일돌이, 이돌이, 삼돌이를 비롯하여 일춘이, 이춘이 하고 한명도 빠짐없이 이름을 부르며 점호를 한다.

"앞으로 김녕 삿갓오름(입산봉)과 괴살뫼오름(묘산봉)이 자리한 농괭이 바당까지 거리는 약 24km 정도이다. 오전처럼 달리면 반 시간 좀 넘기면 목적지에 닿게 될 것이다."

제돌이 기수가 말을 끝낸 뒤 이어서, "이제부터 서쪽 바다를 향하여 출발이다." 하고 손을 번쩍 들어 올린다.

"자! 출발!"

제돌이 기수의 활기찬 외침과 함께 체력을 재충전한 일행은 활기차게 달려 반 시간을 좀 넘겨 농괭이 바당인 제돌이(김녕) 바다 어귀에 왔다.

바다 세계는 항상 소식이 빠르다. 바닷물이 빠져나간 가스곳 넓은 한여 모퉁이에는 백여 마리의 갈매기들이 제돌이네가 오기를 기다렸다는 듯이 환영하는 모임을 열고 "꺄룩" "꺄룩" 합창한다.

한쪽에서는 할망 해녀들이 해초 속에 숨어 있는 소라, 오분자기, 성게를 캐느라 정신이 없다. 지난번 제돌이 남매가 22일간의 재활 훈련을 받았던 가두리 훈련장과 옛 조상이 갇혀 있던 고래수가 차분하게 제돌이네를 맞이한다. 갯바위 끝자락에서는 하얀 파도가 살며시 철썩이며 반갑게 맞는다.

고래수 앞의 소여에는 수십 마리 갈매기들이 쉬다 말고 하늘로 날아오르면서 '어서 와' 하고 "꺄룩" "꺄룩" 환영의 노래를 부른다.

농괭이 바당에는 제돌이네의 방문을 환영이나 하듯이 해녀들이 테왁(바다의 부기) 수십 개를 바다에 띄워놓고 온 바다에서 '호-이, 호-이' 하는 자맥질 숨비소리로 장단을 맞춰내듯 야단법석이다.

한 해녀가 "곰새가, 안녕." 하고 리듬을 맞춰가며 바다 위로 고개 올리자 신기해하던 일행이 "야! 멋지다. 우리도 해녀들하고 자맥질해보자." 하며 점프를 한다. 춘삼이가 가만히 있다가 그러면 남성 팀은 제돌이가 앞장서고 여성 팀은 내가 앞장 설 테니 바다에 들어가서 해녀들이 어떻게 전복이나 소라, 해삼을 캐는지 배워오자고 제안한다. 모두 좋은 제안이라고 환호성을 지른다.

춘삼이가 재촉하듯 말을 한다.

"시간도 없으니 자! 시작하자!"

일제히 해녀 쪽으로 달려갔다. 해녀가 전복, 소라를 획 호미로 캐는 것을 보고 고개를 흔든다. 도저히 자기들이 따라 할 수 없는 묘기이니 경쟁해 볼 생각은 않는 것이 좋겠다며 풀 죽은 모습으로 고개를 들어 올린다. 그러면서 해녀들이 오리발을 차며 물속으로 들어가 해산물을 캐는 것을 부러운 듯이 바라본다.

"야! 해녀들 멋있다!"

해녀들의 자맥질에 정신을 팔린 고래들을 제돌이가 불러 모았다. 잠시 후 옛 조상에 대한 성묘 이야기를 꺼냈다.

"지금으로부터 160여 년 전에 우리 조상(제돌이의 왕할아버지)이 여기 농팽이 바당에서 터줏대감으로 살다가 돌아가셨고, 그 영혼이 잠들어 있을 저기 삿갓오름을 향하여 성묘를 할 것이다. 합동 성묘를 하고 난 다음 나와 춘삼이가 재활했던 가두리 훈련장 1주년을 기념하는 행사에서 우리가 묘기와 기량을 펼쳐 보이는 것은 어떤지 각자 의견을 말해라."

고래들은 일제히 '좋은 발상'이라고 찬성한다.

그러자 춘삼이가 한 가지 제안을 한다. 그러면 시간을 절약하기 위하여 남성팀은 제돌이 기수가 맡고, 여성팀은 춘삼이가 맡아 동시 다발적으로 진행하는 것이 어떠냐고 한다. 전대원이 "그 안도 무방하다."고 일제히 찬성하며 환호성을 질러댔다.

타협이 순조롭게 이어지자 제돌이는 전원을 남성팀과 여성팀 두 줄로 열을 세우고 남쪽 샷갓오름을 향하여 성묘 점프에 들어갔다. 제돌이가 "성묘 시작." 하고 선창하고 전원이 엄숙하게 물속으로 잠수했다가 하늘로 점프하자, 양편으로 하얀 파도가 물을 가르며 치솟았다가 가라앉는다.

성묘를 하자 샷갓오름 능선에서 마파람이 순풍을 타고 조용히 푸른 농꽹이 바당으로 불어왔다. 마치 잠들어 있던 조상의 넋이 "손자들아, 고맙다." 하고 답례를 하는 듯했다.

성묘가 끝나자 묘기 진행이 시작되었다. 묘기 연출 현장에는 요트 두 척이 정박해 있었다. 모든 묘기는 지금까지 쇼 경연장에서 했던 묘기와는 규모 면에서 비견이 안 될 만큼 컸다. 우선 경연자 개별 묘기가 아닌 돌고래 30마리가 참여하는 단체 묘기인데다, 시간과 공간의 제약이 없는 곳에서 자유롭게 펼치는 묘기이기에 더욱 활기찼다. 돌고래들이 한꺼번에 물속에 잠수했다가 일제히 하늘 높이 점프하는 것은 지금까지 보지 못했던 장관이었다. 돌고래와 함께 하늘로 솟아올랐다가 폭포수처럼 떨어져 내리는 물안개는 반짝이는 햇살을 받아 물

보라 무지개를 만들어 냈다.

다음으로는 돌고래 남성팀과 여성팀으로 조를 이루어 원을 그리며 빙빙 돌면서 일제히 숨구멍으로 물을 내뿜었다. 지금까지 보지 못했던 훌륭한 묘기였다.

돌고래들의 멋진 쇼를 바라보던 요트 선상의 사람들은 감탄사를 연발했다.

"야~ 정말 멋지다!" "장관이다!" "제돌아!" "춘삼아!"

농꽹이 바당(바다)은 잔치집이 된 듯 화사한 웃음으로 가득 찼다.

끝으로 돌고래들은 남녀 양팀이 꼬리잡기 릴레이를 신나게 하고 모든 경기를 멋있게 마감하였다.

두 척의 요트 선객들은 이 훌륭한 묘기를 보느라 넋을 놓고 있었다. 정말 이렇게 훌륭한 아름답고 활기찬 묘기는 난생처음 본다며 기뻐했다.

달리자
서쪽바다로

서해로 출발하기에 앞서 멋진 묘기를 펼치고 나니 제돌이에게 다시 좋은 생각이 슬며시 고개 들었다.

선선한 가을 바다가 되어 다시 여기를 찾아올 때면 해녀들 하고 멋진 자맥질 경기를 한 판 해봤으면 하는 발상이 떠올랐다. 해산물과 고기가 많은 농괭이 바당에서 각 팀 30명씩 편을 짜서 자맥질 경기를 개최하여 알찬 친선을 다져 볼 생각이었다.

경기 종목으로 해녀들은 바닷물 속 바닥에 달라붙어 있는 전복, 소라, 해삼, 성게를 캐고, 제돌이의 돌고래 팀은 바다에서 헤엄치며 사는 고등어, 전갱이, 오징어, 멸치를 잡는 게임이다. 지정된 시간에 어느 팀이 많이 잡느냐 하는 기량 겨루기 묘기를 해 볼 욕심이 생기자 제돌이가 물 밖으로 고개를 여러 번 올려 요트팀에게 자맥질 경기 제안을 한다.

제안을 받은 요트팀은 자신들이 진행을 하고 해녀들에게 경기에 참가하도록 하겠다고 한다. 그리고는 먹다 남은 과자 부스러기를 뿌려 갈매기들을 불러들인다. 갈매기 수십 마리가 달려들었다.

"시력이 좋아 높은 하늘에서도 멀리 보는 갈매기들이 자맥질 경기의 감독을 맡아라."고 소리치자 성질 급한 갈매기가 "좋아요!" "좋아요!" 하며 기쁘게 받아들였다.

갈매기들이 속 시원스럽게 승낙하자 제돌이가 "꼭 성사되게 하라."고 하늘 높이 점프하며 인사를 하였다.

"그러면 다시 만날 때까지 안녕!"

서해 바다가 속히 오라고 손짓을 한다. 제돌이가 고래들에게 소리 높여 외쳤다.

"자! 지금부터 바다를 지키러 가자. 모두 모여라."

"남성팀, 일돌이, 이돌이, 삼돌이…."

"여성팀, 일춘이, 이춘이, 삼춘이…."

점호가 끝나자 기러기 편대로 줄을 세운다.

"이 여름이 떠나기 전에 서쪽 바다를 지키러 가자!"

아름다운 꿈을 향한 '제돌이 바다 지킴이' 편대의 활기찬 출발이었다.

한라산을 갓 넘어온 한여름의 열기는 강렬하기만 하다. 여름바다에 떨어지는 햇살은 눈부시게 반짝이며 물결 따라 서쪽 바다로 번져간다.

"자! 달리자! 서해바다로!"

하얀 카이젤 파도가 쪽빛 바다를 두 갈래로 시원스럽게 가른다. 동쪽 바다에서 불어오는 샛바람이 시원하게 해수면 위를 미끄러진다.

〈참고 문헌〉

· 남종영(2017). 「잘 있어, 생선은 고마웠어」. 남방큰돌고래 제돌이 야생

　방사 프로젝트.

· 제주도(1993). 「제주도지」

관련 신문기사

· 「한겨레」 "제돌이의 운과 자유" 2013.7.19.

· 「조선일보」 "남방큰돌고래 제돌이, 춘삼이, 고향바다로" 2013.7.19.(제

　돌이 야생방류시민위원회 위원장 최재천의 자연과 문화 연재)

· 「한라일보」 "제돌아! 고향으로 돌아가 잘 살렴" 2013.7.19.

· 「제민일보」 "제돌이, 춘삼이 4년 만에 고향바다로" 2013.7.19.

홍보물

· 김녕돌고래 요트투어 발행 홍보물 2015.

대왕고래와 갈매기, 해녀들이
함께 살아 숨 쉬는 제주도의
강한 생명력과 희망을
받아 가시길 소망합니다!

권선복
(도서출판 행복에너지 대표이사)

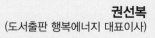

한반도의 바다에서는 오래전부터 고래가 인간과 함께 살아가고 있었습니다. 선사시대에 그려진 것으로 알려진 울산 반구대 암각화에는 고래와 인간이 함께 그려져 있으며, 지금도 남부 해안 지역에서는 종종 고래가 목격되곤 합니다. 그렇기에 오래전부터 이 지역에 살아오던 사람들은 고래와 인간이 공존

하는 삶 속에서 소박한 행복을 누리는 지혜를 알고 있었습니
다. 하지만 문명이 발달하고 인간이 자연을 정복하기 시작하면
서 이러한 공존의 역사는 잊혀지고 있는 게 현실입니다.

이 책『대왕고래의 죽음과 꿈 가진 제돌이』는 지금은 김녕해
수욕장이 주요 관광지로 알려진 제주도 김녕마을에 오랫동안
전해져 내려오고 있는 '고래수'의 전설과 2009년 제주 앞바다
에서 불법 포획되어 수족관의 쇼돌고래로 살아가다가 2013년
에 바다로 복귀한 남방큰돌고래 제돌이의 이야기에서 영감을
얻은 소설입니다.

1부인 '대왕고래의 죽음'에서는 조선 후기인 1850년대 어느
날, 제주 김녕마을 해안가 '고래수' 물웅덩이에서 불의의 조난
을 당한 대왕고래와 고래를 구하려는 마을 사람들의 이야기가
숨 가쁘게 펼쳐집니다. 두 얼굴을 가진 바다와 어울려 살아가
는 제주도 어민들의 삶의 지혜를 볼 수 있는 한편 생명력 넘치
는 제주 방언의 묘미가 아름답습니다.

2부인 '현명한 제돌이'에서는 김녕마을의 수호신, 대왕고래
의 후예가 바로 160년 뒤의 남방큰돌고래 제돌이와 춘삼이 남
매라는 저자의 상상력에 기반하여 대왕고래의 성묘를 위해 머
나먼 남태평양에서 제주도로 헤엄쳐 온 남매의 수난과 해방을
그려내고 있습니다. 자연과는 동떨어진 수족관에서의 삶에 고

통 받으면서도 지혜로운 타협과 결코 시들지 않는 미래의 희망을 선택한 제돌이 남매의 감동적인 이야기는 인간으로서 같은 감정을 가진 동물들과의 공존에 대해 다시금 생각해볼 수 있는 기회를 제공할 것입니다.

환경보호, 자연과의 공존이 뜨거운 화두로 떠오르는 지금 시대, 김녕마을 주민들과 제돌이 남매가 보여주는 지혜로운 모습이 독자 여러분의 가슴에도 강한 생명력과 희망을 팡팡팡 불러일으키기를 소망합니다!

하루 5분나를 바꾸는 긍정훈련
행복에너지

**'긍정훈련'당신의 삶을
행복으로 인도할
최고의, 최후의'멘토'**

'행복에너지
권선복 대표이사'가 전하는
행복과 긍정의 에너지,
그 삶의 이야기!

인터파크
자기계발 분야 주간
베스트 1위

권선복 지음 | 15,000원

권선복

도서출판 행복에너지 대표
지에스데이타(주) 대표이사
대통령직속 지역발전위원회
문화복지 전문위원
새마을문고 서울시 강서구 회장
전) 팔팔컴퓨터 전산학원장
전) 강서구의회(도시건설위원장)
아주대학교 공공정책대학원 졸업
충남 논산 출생

책『하루 5분, 나를 바꾸는 긍정훈련 - 행복에너지』는 '긍정훈련' 과정을 통해 삶을
업그레이드하고 행복을 찾아 나설 것을 독자에게 독려한다.
긍정훈련 과정은 [예행연습] [워밍업] [실전] [강화] [숨고르기] [마무리] 등 총
6단계로 나뉘어 각 단계별 사례를 바탕으로 독자 스스로가 느끼고 배운 것을 직접
실천할 수 있게 하는 데 그 목적을 두고 있다.
그동안 우리가 숱하게 '긍정하는 방법' 에 대해 배워왔으면서도 정작 삶에 적용시키
지 못했던 것은, 머리로만 이해하고 실천으로는 옮기지 않았기 때문이다. 이제
삶을 행복하고 아름답게 가꿀 긍정과의 여정, 그 시작을 책과 함께해 보자.

『하루 5분, 나를 바꾸는 긍정훈련 - 행복에너지』